线装国学馆

初刻拍案惊奇

初刻拍案惊奇

线装国学馆

初刻拍案惊奇

第三卷

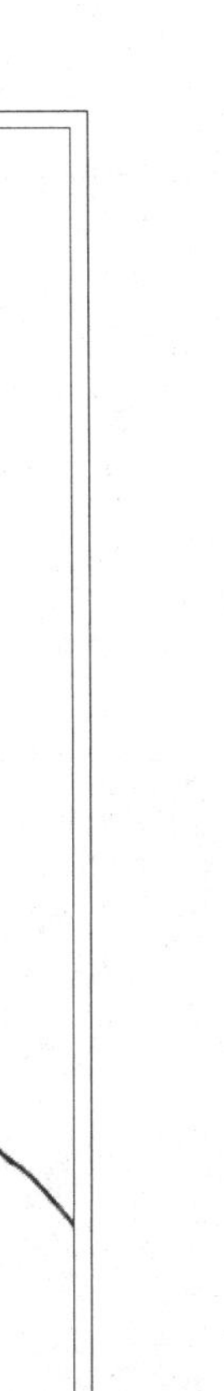

第二十一回

袁尚宝相术动名卿　郑舍人阴功叨世爵

诗曰：

燕门壮士吴门豪，筑中注铅鱼隐刀。
感君恩重与君死，泰山一掷若鸿毛。

话说唐德宗朝有个秀才，南剑州人，姓林名积，字善甫。为人聪俊，广览诗书，九经三史，无不通晓。更兼存心梗直，在京师太学读书，给假回家，侍奉母亲之病。母病愈，不免再往学中。免不得暂别母亲，相辞亲戚邻里，教当直王吉挑着行李，迤逦前进。在路但见：

或过山林，听樵歌于云岭；又经别浦，闻渔唱于烟波。或抵乡村，却遇市井。才见绿杨垂柳，影迷几处之楼台；那堪啼鸟落花，知是谁家之院宇？看处有无穷之景致，行时有不尽之驱驰。

饥餐渴饮，夜住晓行，无路登舟。不只一日至蔡州，到个去处，天色已晚。但见：

十里俄惊雾暗，九天倏睹星明。八方商旅卸行装，七级浮屠燃夜火。六翮飞鸟，争投栖于树杪；五花画舫，尽返棹于洲边。四野牛羊皆入栈，三江渔钓悉归家。两下招商，俱说此间可宿；一声画角，应知前路难行。

两个投宿于旅邸，小二哥接引，拣了一间宽洁房子，当直的安顿了担杖。善甫稍歇，讨了汤，洗了脚，随分吃了些晚食，无事闲坐则个。不觉早点灯，交当直安排宿歇，来日早行。当直王吉在床前打铺自睡。且说林善甫脱了衣裳也去睡，但觉有物瘾其背，不能睡着。壁上有灯，尚犹未灭。遂起身揭起荐席看时，见一布囊，囊中有一锦囊，中有大珠百颗，遂收于箱箧中。当夜不在话下。

到来朝，天色已晓，但见：

晓雾妆成野外，残霞染就荒郊。耕夫陇上，朦胧月色将沉；织女机边，幌荡金乌欲出。牧牛儿尚睡，养蚕女未兴。樵舍外已闻犬吠，招提内尚见僧眠。

天色将晓，起来洗漱罢，系裹毕，教当直的，一面安排了行李，林善甫出房中来，问店主人：『前夕甚人在此房内宿？』店主人说道：『昨夕乃是一巨商。』林善甫见说：『此乃吾之故友也，因俟我失期。』看着那店主人道：『此人若回来寻时，可使他来京师上庠贯道斋，寻问林上舍，名积字善甫，千万！千万！不可误事！』说罢，还了房钱，相揖作别去了。王吉前面挑着行李什物，林善甫后面行，迤逦前进。林善甫放心不下，恐店主人忘了，遂于沿路上令王吉于墙壁粘手榜云：『某年月某日，有剑浦林积假馆上庠，有故人「元珠」，可相访于贯道斋。』不止一日，到了学中，参了假，仍旧归斋读书。

且说这囊珠子乃是富商张客遗下了去的。及至到于市中取珠欲货，方知失去，唬得魂不附体，道：『苦也！我生受数年，只选得这包珠子。今已失了，归家妻子孩儿如何肯信？』再三思量，不知失于何处，只得再回，沿路店中寻讨。直寻到林上舍所歇之处，问店小二时，店小二道：『我却不知你失去物事。』张客道：『我歇之后，有甚人在此房中安歇？』店主人道：『我便忘了。从你去后，有个官人来歇一夜了，绝早便去。临行时分付道：「有人来寻时，可千万使他来京师上庠贯道斋，问林上舍，名积。」』张客见说，言语跷蹊，口中不道，心下思量：『莫是此人收得我之物？』当日只得离了店中，迤逦再取京师路上来。见沿路贴着手榜，中有『元珠』之句，略略放心。

不止一日，直到上庠，未去歇泊，便来寻问。学对门有个茶坊，但见：

木匾高悬，纸屏横挂。壁间名画，皆唐朝吴道子丹青；瓯内新茶，尽山居玉川子佳茗。

张客入茶坊吃茶。茶罢，问茶博士道：『此间有个林上舍否？』博士道：『上舍姓林的极多，不知是那个林上舍？』张客说：『贯道斋，名积字善甫。』茶博士见说：『这个，便是个好人。』张客见说道是好人，心下又放下二三分。张客说：『上舍多年个远亲，不相见，怕忘了。若来时，相指引则个。』正说不了，茶博士道：『兀的出斋来的官人便是。他在我家寄衫帽。』张客见了，不敢造次。林善甫入茶坊，脱了衫帽。张客方才向前，看着林上舍，唱个喏便拜。林上舍道：『男儿膝下有黄金，如何拜人？』那时林上舍不识他有甚事，但见张客簌簌地泪下，哽咽了说不得。歇定，便把这上件事一一细说一遍。林善甫见说，便道：『不要慌。物事在我处。我且问你则个，里面有甚么？』张客道：『布囊中有锦囊，内有大珠百颗。』林上舍道：『多说得是。』带他到安歇处，取物交还。张客看见了道：『这个便是，不愿都得，但只觅得一半，归家养膳老小，感戴恩德不浅。』林善甫道：『岂有此说！我若要你一半时，须不沿路粘贴手榜，交你来寻。』张客再三不肯都领，情愿只领一半。林善甫坚执不受。如此数次相推，张客见林上舍再三再四不受，感戴洪恩不已，拜谢而去，将珠子一半于市货卖。卖得银来，舍在有名佛寺斋僧，就与林上舍建立生祠供养，报答还珠之恩。善甫后来一举及第。诗云：

林积还珠古未闻，利心不动道心存。
暗施阴德天神助，一举登科耀姓名。

善甫后来位至三公，二子历任显宦。古人云：『积善有善报，积恶有恶报。积善之家必有余庆，作恶之家必有余殃。』正是：

黑白分明造化机，谁人会解劫中危？
分明指与长生路，争奈人心着处迷！

此本话文，叫做《积善阴骘》，乃是京师老郎传留至今。小子为何重宣这一遍？只为世人贪财好利，见了别人钱钞，昧着心就要起发了，何况是失下的？一发是应得的了，谁肯轻还本主？不知冥冥之中，阴功极重。所以裴令公相该饿死，只因还了玉带，后来出将入相；窦谏议命主绝嗣，只为还了遗金，后来五子登科。其余小小报应，说不尽许多。而今再说一个一点善念，直到得脱了穷胎，变成贵骨，就与看官们一听，方知小子劝人做好事的说话，不是没来历的。

你道这件事出在何处？国朝永乐爷爷未登帝位，还为燕王。其时有个相士叫袁柳庄，名珙，在长安酒肆，遇见一伙军官打扮的在里头吃酒。柳庄把内中一人看了一看，大惊下拜道：『此公乃真命天子也！』其人摇手道：『休得胡说！』却问了他姓名去了。明日只见燕府中有懿旨，召这相士。相士朝见，抬头起来，正是昨日酒馆中所遇之人。元来燕王装作了军官，与同护卫数人出来微行的。就密教他仔细再相，柳庄相罢称贺，从此燕王决了大计。后来靖了内难，乃登大宝，酬他一个三品京职。其子忠彻，亦得荫为尚宝司丞。人多晓得柳庄神相，却不知其子忠彻传了父术，也是一个百灵百验的。京师显贵公卿，没一个不与他往来，求他风鉴的。

其时有一个姓王的部郎，家中人眷不时有病。一日，袁尚宝来拜，见他面有忧色，问道：『老先生尊容滞气，应主人眷不宁。然不是生成的，恰似有外来妨碍，原可趋避。』部郎道：『如何趋避？望请

初刻拍案惊奇

见教。』正说话间，一个小厮捧了茶盘出来送茶。尚宝看了一看，大惊道：『元来如此！』须臾吃罢茶，小厮接了茶钟进去了。尚宝密对部郎道：『适来送茶小童，是何名字？』部郎道：『问他怎的？』尚宝道：『使宅上人眷不宁者，此子也。』部郎道：『小厮姓郑，名兴儿，就是此间收的，未上一年。老实勤紧，颇称得用。他如何能使家下不宁？』尚宝道：『此小厮相能妨主，若留过一年之外，便要损人口，岂止不宁而已！』部郎意犹不信道：『怎便到此？』尚宝道：『老先生岂不闻马有的卢能妨主，手版能忤人君的故事么？』部郎省悟道：『如此，只得遣了他罢了。』部郎送了尚宝出门，进去与夫人说了适间之言。女眷们见说了这等说话，极易听信的。又且袁尚宝相术有名，那一个不晓得？部郎是读书之人，还有些倔强未服，怎当得夫人一点疑心之根，再拔不出了。部郎就唤兴儿到跟前，打发他出去。兴儿大惊道：『小的并不曾坏老爷事体，如何打发小的？』部郎道：『不为你坏事，只因家中人口不安，袁尚宝相道：『都是你的缘故。』没奈何打发你在外去过几时，看光景再处。』兴儿也晓得袁尚宝相术神通，如此说了，毕竟难留；却又舍不得家主，大哭一场，拜倒在地。部郎也有好些不忍，没奈何强遣了他。果然兴儿出去了，家中人口从此平安。部郎合家越信尚宝之言不为虚谬。

话分两头，且说兴儿含悲离了王家，未曾寻得投主，权在古庙栖身。一日，走到坑厕上屙屎，只见壁上挂着一个包裹，他提下来一看，乃是布线密扎，且是沉重。解开看，乃是二十多包银子。看见了，伸着舌头缩不进来道：『造化！造化！我有此银子，不忧贫了。就是家主赶了出来，也不妨。』又想一想道：『我命本该穷苦，投靠了人家，尚且道是相法妨碍家主，平白无事赶了出来，怎得有福气受用这些物事？此必有人家干甚紧事，带了来用，因为登东厕，挂在壁间，失下了的，未必不关着几条性命。我拿了去，虽无人知道，却不做了阴骘事体？毕竟等人来寻，还他为是。』左思右想，带了这个包裹，不敢走离坑厕，沉吟到将晚，不见人来。放心不下，取了一条草荐，竟在坑板上铺了，把包裹塞在头底下，睡了一夜。

明日绝早，只见一个人斗蓬眼肿，走到坑中来，见有人在里头。看一看壁间，吃了一惊道：『东西已不见了，如何回去得？』将头去坑墙上乱撞。兴儿慌忙止他道：『不要性急！有甚话，且与我说个明白。』那个人道：『主人托俺将着银子到京中做事，昨日偶因登厕，寻个竹钉，挂在壁上。已后登厕已完，竟自去了，忘记取了包裹。而今主人的事，既做不得，银子又亡了，怎好白手回去见他？要这性命做甚？』兴儿道：『老兄不必着忙，银子是小弟拾得在此，自当奉壁。』那个人听见了，笑逐颜开道：『小哥若肯见还，当以一半奉谢。』兴儿道：『若要谢时，我昨夜连包拿了去不得？何苦在坑板上忍了臭气睡这一夜！不要昧了我的心。』把包裹一撩，竟还了他。那个人见是个小厮，又且说话的确，做事慷慨，便问他道：『小哥高姓？』兴儿道：『我姓郑。』那个人道：『俺的主人，也姓郑，河间府人，是个世袭指挥。只因进京来讨职事做，叫俺拿银子来使用。不知是昨日失了，今日却得小哥还俺。俺明日做事停当了，同小哥去见俺家主，说小哥这等好意，必然有个好处。』两个欢欢喜喜，同到一个饭店中，殷殷勤勤，买酒请他，问他本身来历。他把投靠王家，因相被逐，一身无归，上项苦情，各细述了一遍。那个人道：『小哥患难之中，见财不取，一发难得。而今不必别寻道路，只在我下处同住了，待我干成了这事，带小哥到河间府罢了。』兴儿就问那个人姓名。那个人道：『俺姓张，在郑家做都管，人

只叫我做张都管。不要说俺家主人，就是俺自家，也盘缠得小哥一两个月起的。』兴儿正无投奔，听见如此说，也自喜欢。从此只在饭店中安歇，与张都管看守行李。张都管自去兵部做事。有银子得用了，自然无不停当，取郑指挥做了巡抚标下旗鼓官。张都管欣然走到下处，对兴儿道：『承小哥厚德，主人已得了职事。这分明是小哥作成的。俺与你只索同到家去报喜罢了，不必在此停留。』即忙收拾行李，雇了两个牲口，做一路回来。

到了家门口，张都管留兴儿在外边住了，先进去报与家主郑指挥。郑指挥见有了衙门，不胜之喜，对张都管道：『这事全亏你能干得来。』张都管说道：『这事全非小人之能，一来主人福荫，二来遇个恩星，得有今日。若非那个恩星，不要说主人官职，连小人性命也不能勾回来见主人了。』郑指挥道：『是何恩星？』张都管把登厕失了银子，遇着郑兴儿厕板上守了一夜，原封还他，从头至尾，说了一遍。郑指挥大惊道：『天下有这样义气的人！而今这人在那里？』张都管道：『小人不敢忘他之恩，邀他同到此间拜见主人，现在外面。』郑指挥道：『正该如此，快请进来。』

张都管走出门外，叫了兴儿一同进去见郑指挥。兴儿是做小厮过的，见了官人，不免磕个头下去。郑指挥自家也跪将下去，扶住了，说道：『你是俺恩人，如何行此礼！』兴儿站将起来，郑指挥仔细看了一看道：『此非下贱之相，况且器量宽洪，立心忠厚，他日必有好处。』讨坐来与他坐了。兴儿那里肯坐？推逊了一回，只得依命坐了。指挥问道：『足下何姓？』兴儿道：『小人姓郑。』指挥道：『忝为同姓，一发妙了。老夫年已望六，尚无子嗣，今遇大恩，无可相报。不是老夫要讨便宜，情愿认义足下做个养子，恩礼相待，少报万一。不知足下心下如何？』兴儿道：『小人是执鞭坠登之人，怎敢当此？』郑指挥道：『不如此说，足下高谊，实在古人之上。今欲酬以金帛，足下既轻财重义，岂有重资不取，反受薄物之理？若便恝然无关，视老夫为何等负义之徒？幸叨同姓，实是天缘，只恐有屈了足下，于心不安。足下何反见外如此？』指挥执意既坚，张都管又在旁边一力撺掇，兴儿只得应承。当下拜了四拜，认义了。此后，内外人多叫他是郑大舍人，名字叫做郑兴邦，连张都管也让他做小家主了。

那舍人北边出身，从小晓得些弓马；今在指挥家，带了同往蓟州任所，广有了得的教师，日日教习，一发熟娴，指挥愈加喜欢；况且做人和气，又凡事老成谨慎，合家之人，无不相投。指挥已把他名字报去，做了个应袭舍人。那指挥在巡抚标下，甚得巡抚之心。年终累荐，调入京营，做了游击将军，连家眷进京，郑舍人也同往。到了京中，骑在高头骏马上，看见街道，想起旧日之事，不觉凄然泪下。有诗为证：

昔年在此拾遗金，蓝褛身躯乞丐心。
怒马鲜衣今日过，泪痕还似旧时深。

且说郑游击又与舍人用了些银子，得了应袭冠带，以指挥职衔听用。在京中往来拜客，好不气概！他自离京中，到这个地位，还不上三年。此时王部郎也还在京中，舍人想道：『人不可忘本，我当时虽被王家赶了出来，却是主人原待得我好的。只因袁尚宝有妨碍主人之说，故此听信了他，原非本意。今我自到义父家中，何曾见妨了谁来？此乃尚宝之妄言，不关旧主之事。今得了这个地步，还该去见他一见，才是忠厚。只怕义父怪道翻出旧底本，人知不雅，未必相许。』即把此事从头至尾，来与养父郑游击商量。游击称赞道：『贵不忘贱，新不忘旧，都

是人生实受用好处，有何妨碍？古来多少王公大人，天子宰相，在尘埃中屠沽下贱起的，大丈夫正不可以此芥蒂。』

舍人得了养父之言，即便去穿了素衣服，腰系金镶角带，竟到王部郎寓所来。手本上写着『门下走卒应袭听用指挥郑兴邦叩见』。

王部郎接了手本，想了一回道：『此是何人，却来见我？又且写「门下走卒」，是必曾在那里相会过来。』心下疑惑。元来京里部官清淡，见是武官来见，想是有些油水的，不到得作难，就叫『请进』。郑舍人一见了王部郎，连忙磕头下去。王部郎虽是旧主人，今见如此冠带换扮了，一时那里遂认得，慌忙扶住道：『非是统属，如何行此礼？』舍人道：『主人岂不记那年的兴儿么？』部郎仔细一看，骨格虽然不同，体态还认得出，吃了一惊道：『足下何自能致身如此？』舍人把认了义父，讨得应袭指挥，今义父现在京营做游击的话，说了一遍，道：『因不忘昔日看待之恩，敢来叩见。』王部郎见说罢，只得看坐。舍人再三不肯道：『分该侍立。』部郎道：『今足下已是朝廷之官，如何拘得旧事？』舍人不得已，旁坐了。部郎道：『足下有如此后步，自非家下所能留。只可惜袁尚宝妄言误我，致得罪于足下，以此无颜。』舍人道：『凡事有数，若当时只在主人处，也不能得认义父，以有今日。』部郎道：『事虽如此，只是袁尚宝相术可笑，可见向来浪得虚名耳。』

正要摆饭款待，只见门上递上一帖进来道：『尚宝袁爷要来面拜。』部郎抚掌大笑道：『这个相不着的又来了。正好取笑他一回。』便对舍人道：『足下且到里面去，只做旧妆扮了，停一会待我与他坐了，竟出来照旧送茶，看他认得出认不出？』舍人依言，进去卸了冠带，与旧日同伴，取了一件青长衣披了。听得外边尚宝坐定讨茶，双手捧一个茶盘，恭恭敬敬出来送茶。袁尚宝注目一看，忽地站了起来道：『此位何人？乃在此送茶！』部郎道：『此前日所逐出童子兴儿便是。今无所归，仍来家下服役耳。』尚宝道：『何太欺我？此人不论后日，只据目下，乃是一金带武职官，岂宅上服役之人哉？』部郎大笑道：『老先生不记得前日相他妨碍主人，累家下人口不安的说话了？』尚宝方才省起向来之言，再把他端相了一回，笑道：『怪哉！怪哉！前日果有此言。却是前日之言，也不差；今日之相，也不差。』部郎道：『何解？』尚宝道：『此君满面阴德纹起，若非救人之命，必是还人之物，骨相已变。看来有德于人，人亦报之。今日之贵，实由于此。非学生有误也。』舍人不觉失声道：『袁爷真神人也！』遂把厕中拾金还人，与挚到河间认义父亲，应袭冠带前后事，各细说了一遍，道：『今日念旧主人，所以到此。』部郎起初只晓得认义之事，不晓得还金之事。听得说罢，肃然起敬道：『郑君德行，袁公神术，俱足不朽！快教取郑爷冠

带来。』穿着了，重新与尚宝施礼。部郎连尚宝多留了筵席，三人尽欢而散。

次日王部郎去拜了郑游击，就当答拜了舍人。遂认为通家，往来不绝。后日郑舍人也做到游击将军而终，子孙竟得世荫，只因一点善念，脱胎换骨，享此爵禄。所以奉劝世人，只宜行好事，天并不曾亏了人。有古风一首为证：

袁公相术真奇绝，唐举许负无差别。
片言甫出鬼神惊，双眸略展荣枯决。
儿童妨主运何乖？流落街衢实可哀。
还金一举堪夸羡，善念方萌已脱胎。
郑公生平原倜傥，百计思酬恩谊广。
螟蛉同姓是天缘，冠带加身报不爽。
京华重忆主人情，一见袁公便起惊。
阴功获福从来有，始信时名不浪称。

第二十二回

钱多处白丁横带　运退时刺史当艄

诗曰：

菀枯本是无常数，何必当风使尽帆？
东海扬尘犹有日，白衣苍狗刹那间。

话说人生荣华富贵，眼前的多是空花，不可认为实相。如今人一有了时势，便自道是『万年不拔之基』，旁边看的人也是一样见识。岂知转眼之间，灰飞烟灭，泰山化作冰山，极是不难的事。俗语两句说得好：『宁可无了有，不可有了无。』专为贫贱之人，一朝变泰，得了富贵，苦尽甜来，滋味深长。若是富贵之人，一朝失势，落魄起来，这叫做『树倒猢狲散』，光景着实难堪了。却是富贵的人，只据目前时势，横着胆，昧着心，任情做去，那里管后来有下梢没下梢！

曾有一个笑话，道是一个老翁，有三子，临死时分付道：『你们倘有所愿，实对我说。我死后求之上帝。』一子道：『我愿官高一品。』一子道：『我愿田连万顷。』末一子道：『我无所愿，愿换大眼睛一对。』老翁大骇道：『要此何干？』其子道：『等我撑开了大眼，看他们富的富，贵的贵。』此虽是一个笑话，正合着古人云：常将冷眼观螃蟹，看你横行得几时？虽然如此，然那等熏天赫地富贵人，除非是遇了朝廷诛戮，或是生下子孙不肖，方是败落散场，再没有一个身子上，先前做了贵人，以后流为下贱，现世现报，做人笑柄的。看官，而今且听小子先说一个好笑的，做个『入话』。

唐朝僖宗皇帝即位，改元乾符。是时阉官骄横，有个小马坊使内官田令孜，是上为晋王时有宠，及即帝位，使知枢密院，遂擢为中尉。上时年十四，专事游戏，政事一委令孜，呼为『阿父』，迁除官职，不复关白。其时，京师有一流棍，名叫李光，专一阿谄逢迎，谀事令孜。令孜甚是喜欢信用，荐为左军使；忽一日，奏授朔方节度使。岂知其人命薄，没福消受，敕下之日，暴病卒死。遗有一子，名唤德权，年方二十余岁。令孜老大不忍，心里要抬举他，不论好歹，署了他一个剧职。时黄巢破长安，中和元年陈敬瑄在成都遣兵来迎僖皇。令孜遂劝僖皇幸蜀，令孜扈驾，就便叫了李德权同去。僖皇行在住于成都，令孜与敬瑄相交结，盗专国柄，人皆畏威。德权在两人左右，远近仰奉，凡奸豪求名求利者，多贿赂德权，替他两处打关节。数年之间，聚贿千万，累官至金紫光禄大夫、检校右仆射，一时薰灼无比。

后来僖皇薨逝，昭皇即位，大顺二年四月，西川节度使王建屡表请杀令孜、敬瑄。朝廷惧怕二人，不敢轻许，建使人告敬瑄作乱，令孜通凤翔书，不等朝廷旨意，竟执二人杀之。草奏云：

开柙出虎，孔宣父不责他人；当路斩蛇，孙叔敖盖非利己。专杀不行于阃外，先机恐失于彀中。

于时追捕二人余党甚急。德权脱身遁于复州，平日枉有金银财货，万万千千，一毫却带不得，只走得空身。盘缠了几日，衣服多当来吃了，单衫百结，乞食通途。可怜昔日荣华，一旦付之春梦！

却说天无绝人之路。复州有个后槽健儿，叫做李安。当日李光未际时，与他相熟。偶在道上行走，忽见一人褴褛丐食。仔细一看，认得是李光之子德权。心里恻然，邀他到家里，问他道：『我闻得你父子在长安富贵，后来破败，今日何得在此？』德权将官司追捕田、陈余党，脱身亡命，到此困穷的话，说了一遍。李安道：『我与汝父有交，你便权在舍下住几时，怕有人认得，你可改个名，只认做我的侄儿，便可

无事。』德权依言，改名彦思，就认他这看马的做叔叔，不出街上乞化了。未及半年，李安得病将死，彦思见后槽有官给的工食，遂叫李安投状，道：『身已病废，乞将侄彦思继充后槽。』不数日，李安果死，彦思遂得补充健儿，为牧守圉人，不须忧愁衣食，自道是十分侥幸。岂知渐渐有人晓得他曾做仆射过的，此时朝政紊乱，法纪废弛，也无人追究他的踪迹。但只是起他个混名，叫他做『看马李仆射』。走将出来时，众人便指手点脚，当一场笑话。看官，你道『仆射』是何等样大官？『后槽』是何等样贱役？如今一人身上先做了仆射，收场结果做得个看马的，岂不可笑？却又一件，那些人依附内相，原是冰山，一朝失势，破败死亡，此是常理。留得残生看马，还是便宜的事，不足为怪。

如今再说当日同时有一个官员，虽是得官不正，侥幸来的，却是自己所挣。谁知天不帮衬，有官无禄。并不曾犯着一个对头，并不曾做着一件事体，都是命里所招，下梢头弄得没出豁，比此更为可笑。诗曰：

富贵荣华何足论？从来世事等浮云。
登场傀儡休相吓，请看当艄郭使君！

这本话文，就是唐僖宗朝，江陵有一个人，叫做郭七郎。父亲在日，做江湘大商，七郎长随着船上去走的。父亲死过，是他当家了，真个是家资巨万，产业广延，有鸦飞不过的田宅，贼扛不动的金银山，乃楚城富民之首。江、淮、河朔的贾客，多是领他重本，贸易往来。却是这些富人惟有一项，不平心是他本等：大等秤进，小等秤出。自家的，歹争做好；别人的，好争做歹。这些领他本钱的贾客，没有一个不受尽他累的。各各吞声忍气，只得受他。你道为何？只为本钱是他的，那江湖上走的人，拚得陪些辛苦在里头，随你尽着欺心算帐，还只是仗他资本营运，毕竟有些便宜处。若一下冲撞了他，收拾了本钱去，就没蛇得弄了。故此随你克剥，只是行得去的。本钱越弄越大，所以富的人只管富了。

那时有一个极大商客，先前领了他几万银子，到京都做生意，去了几年，久无音信。直到乾符初年，郭七郎在家想着，这注本钱没着落，他是大商，料无所失。可惜没个人往京去一讨。又想一想道：『闻得京都繁华去处，花柳之乡，不若借此事由，往彼一游。一来可以索债，二来买笑追欢，三来觑个方便，觅个前程，也是终身受用。』算计已定。七郎有一个老母、一弟一妹在家，奴婢下人无数，只是未曾娶得妻子。当时分付弟妹承奉母亲，着一个都管看家，余人各守职业做生理。自己却带几个惯走长路会事的家人在身边，一面到京都来。

七郎从小在江湖边生长，贾客船上往来，自己也会撑得篙，摇得橹，手脚快便，把些饥餐渴饮之路，不在心上，不则一日到了。元来那个大商，姓张名全，混名张多宝，在京都开几处解典库，又有几所绒缎铺，专一放官吏债，打大头脑的。至于居间说事，卖官鬻爵，只要他一口担当，事无不成。也有叫他做『张多保』的，只为凡事多是他保得过，所以如此称呼。满京人无不认得他的。郭七郎到京，一问便着。他见七郎到了，是个江湘债主，起初进京时节，多亏他的几万本钱做桩，才做得开，成得这个大气概。一见了欢然相接，叙了寒温，便摆起酒来。把轿去教坊里，请了几个有名的衒衏前来陪侍，宾主尽欢。酒散后，就留一个绝顶的妓者，叫做王赛儿，相伴了七郎，在一个书房里宿了。富人待富人，那房舍精致，帷帐华侈，自不必说。

次日起来，张多保不待七郎开口，把从前连本连利一算，约该有十来万了，就如数搬将出来，一手交兑。口里道：『只因京都多事，脱身不得，亦且挈了重资，江湖上难走，又不可轻另托人，所以迟了几

初刻拍案惊奇

年。今得七郎自身到此，交明了此一宗，实为两便。』七郎见他如此爽利，心下喜欢，便道：『在下初入京师，未有下处。虽承还清本利，却未有安顿之所，有烦兄长替在下寻个寓舍何如？』张多保道：『舍下空房尽多，闲时还要招客，何况兄长通家，怎到别处作寓？只须在舍下安歇。待要启行时，在下周置动身，管取安心无虑。』七郎大喜，就在张家间壁一所大客房住了。当日取出十两银子送与王赛儿，做昨日缠头之费。夜间七郎摆还席，就央他陪酒。张多保不肯要他破钞，自己也取十两银子来送，叫还了七郎银子。七郎那里肯！推来推去，大家都不肯收进去，只便宜了这王赛儿，落得两家都收了，两人方才快活。是夜，宾主两个与同王赛儿行令作乐饮酒，愈加熟分有趣，吃得酩酊而散。

王赛儿本是个有名的上厅行首，又见七郎有的是银子，放出十分擒拿的手段来。七郎一连两宵，已此着了迷魂汤，自此同行同坐，时刻不离左右，径不放赛儿到家里去了。赛儿又时常接了家里的妹妹，轮递来陪酒插趣。七郎赏赐无算，那鸨儿又有做生日、打差买物事、替还债许多科分出来。七郎挥金如土，并无吝惜。才是行径如此，便有帮闲钻懒一班儿人，出来诱他去跳槽。大凡富家浪子心性最是不常，搭着便生根的，见了一处，就热一处。王赛儿之外，又有陈娇、黎玉、张小小、郑翩翩，几处往来，都一般的撒漫使钱。那伙闲汉，又领了好些王孙贵戚好赌博的，牵来局赌。做圈做套，赢少输多，不知骗去了多少银子。

七郎虽是风流快活，终久是当家立计好利的人，起初见还的利钱都在里头，所以放松了些手。过了三数年，觉道用得多了，捉捉后手看，已用过了一半有多了。心里猛然想着家里头，要回家，来与张多保商量。张多保道：『此时正是濮人王仙芝作乱，劫掠郡县，道路梗塞。你带了偌多银两，待往那里去？恐到不得家里，不如且在此盘桓几时，等路上平静好走，再去未迟。』七郎只得又住了几日。偶然一个闲汉叫做包走空包大，说起朝廷用兵紧急，缺少钱粮，纳了些银子，就有官做；官职大小，只看银子多少。说得郭七郎动了火，问道：『假如纳他数百万钱，可得何官？』包大道：『如今朝廷昏浊，正正经经纳钱，就是得官，也只有数，不能勾十分大的。若把这数百万钱拿去，私下买嘱了主爵的官人，好歹也有个刺史做。』七郎吃一惊道：『刺史也是钱买得的？』包大道：『而今的世界，有甚么正经？有了钱，百事可做，岂不闻崔烈五百万买了个司徒么？而今空名大将军告身，只换得一醉；刺史也不难的。只要通得关节，我包你做得来便是。』

正说时，恰好张多保走出来，七郎一团高兴，告诉了适才的说话。张多保道：『事体是做得来的，在下手中也弄过几个了。只是这件事，在下不撺掇得兄长做。』七郎道：『为何？』多保道：『而今的官有好些难做。他们做得兴头的，多是有根基，有脚力，亲戚满朝，党与四布，方能勾根深蒂固，有得钱赚，越做越高。随你去剥削小民，贪污无耻，只要有使用，有人情，便是万年无事的。兄长不过是白身人，便弄上一个显官，须无四壁倚仗，到彼地方，未必行得去。就是行得去时，朝里如今专一讨人便宜，晓得你是钱换来的，略略等你到任一两个月，有了些光景，便道勾你了，一下子就涂抹着，岂不枉费了这些钱？若是官好做时，在下也做多时了。』七郎道：『不是这等说，小弟家里有的是钱，没的是官。况且身边现有钱财，总是不便带得到家，何不于此处用了些？博得个腰金衣紫，也是人生一世，草生一秋。就是不赚得钱时，小弟家里原不希罕这钱的；就是不做得兴时，也只是做过了一番官了。登时住了手，那荣耀是落得的。小弟见识已定，兄长不要扫

兴。』多保道：『既然长兄主意要如此，在下当得效力。』

当时就与包大两个商议去打关节，那个包大走跳路数极熟，张多保又是个有身家、干大事惯的人，有什么弄不来的事？元来唐时使用的是钱，千钱为『缗』，就用银子准时，也只是以钱算帐。当时一缗钱，就是今日的一两银子，宋时却叫做一贯了。张多保同包大将了五千缗，悄悄送到主爵的官人家里。那个主爵的官人，是内官田令孜的收纳户，百灵百验。又道是『无巧不成话』，其时有个粤西横州刺史郭翰，方得除授，患病身故，告身还在铨曹。主爵的受了郭七郎五千缗，就把籍贯改注，即将郭翰告身转付与了郭七郎。从此改名，做了郭翰。张多保与包大接得横州刺史告身，千欢万喜，来见七郎称贺。

七郎此时头轻脚重，连身子都麻木起来。包大又去唤了一部梨园子弟。张多保置酒张筵，是日就换了冠带。那一班闲汉，晓得七郎得了个刺史，没一个不来贺喜撮空。大吹大擂，吃了一日的酒。又道是：『苍蝇集秽，蝼蚁集膻，鹁鸽子旺边飞。』七郎在京都，一向撒漫有名，一旦得了刺史之职，就有许多人来投靠他做使令的，少不得官不威、牙爪威。做都管，做大叔，走头站，打驿吏，欺估客，诈乡民，总是这一干人了。

郭七郎身子如在云雾里一般，急思衣锦荣归，择日起身，张多保又设酒饯行。起初这些往来的闲汉、姊妹，多来送行。七郎此时眼孔已大，各各赍发些赏赐，气色骄傲，旁若无人。那些人让他是个现任刺史，胁肩谄笑，随他怠慢。只消略略眼梢带去，口角惹着，就算是十分殷勤好意了。如此撺哄了几日，行装打迭已备，齐齐整整起行，好不风骚！一路上想道：『我家里资产既饶，又在大郡做了刺史，这个富贵，不知到那里才住？』心下喜欢，不觉日逐卖弄出来。那些原跟去京都家人，又在新投的家人面前，夸说着家里许多富厚之处，那新投的一发喜欢，道是投得着好主了，前路去耀武扬威，自不必说。无船上马，有路登舟，看看到得江陵境上来。七郎看时吃了一惊。但见：

人烟稀少，阊井荒凉。满前败宇颓垣，一望断桥枯树。乌焦木柱，无非放火烧残；赭白粉墙，尽是杀人染就。尸骸没主，乌鸦与蝼蚁相争；鸡犬无依，鹰隼与豺狼共饱。任是石人须下泪，总教铁汉也伤心。

元来江陵渚宫一带地方，多被王仙芝作寇残灭，里闾人物，百无一存。若不是水道明白，险些认不出路径来。七郎看见了这个光景，心头已自劈劈地跳个不住。到了自家岸边，抬头一看，只叫得苦。原来都弄做了瓦砾之场，偌大的房屋，一间也不见了。母亲、弟妹、家人等，俱不知一个去向。慌慌张张，走头无路，着人四处找寻。找寻了三四日，撞着旧时邻人，问了详细，方知地方被盗兵抄乱，弟被盗杀，妹被抢去，不知存亡。止剩得老母与一两个丫头，寄居在古庙旁边两间茅屋之内，家人俱各逃窜，囊橐尽已荡空。老母无以为生，与两个丫头替人缝针补线，得钱度日。七郎闻言，不胜痛伤，急急领了从人，奔至老母处来。母子一见，抱头大哭。老母道：『岂知你去后，家里遭此大难！弟妹俱亡，生计都无了！』七郎哭罢，拭泪道：『而今事已到此，痛伤无益。亏得儿子已得了官，还有富贵荣华日子在后面，母亲且请宽心。』母亲道：『儿得了何官？』七郎道：『官也不小，是横州刺史。』母亲道：『如何能勾得此显爵？』七郎道：『当今内相当权，广有私路，可以得官。儿子向张客取债，他本利俱还，钱财尽多在身边，所以将钱数百万，勾干得此官。而今衣锦荣归，省看家里，随即星夜到任去。』

七郎叫众人取冠带过来，穿着了，请母亲坐好，拜了四拜。又叫身

边随从旧人及京中新投的人，俱各磕头，称『太夫人』。母亲见此光景，虽然有些喜欢，却叹口气道：『你在外边荣华，怎知家丁尽散，分文也无了？若不营勾这官，多带些钱归来用度也好。』七郎道：『母亲诚然女人家识见，做了官，怕少钱财？而今那个做官的家里，不是千万百万，连地皮多卷了归家的？今家业既无，只索撇下此间，前往赴任，做得一年两年，重撑门户，改换规模，有何难处？儿子行囊中还剩有二三千缗，尽勾使用，母亲不必忧虑。』母亲方才转忧为喜，笑逐颜开道：『亏得儿子峥嵘有日，奋发有时，真是谢天谢地！若不是你归来，我性命只在目下了。而今何时可以动身？』七郎道：『儿子原想此一归来，娶个好媳妇，同享荣华。而今看这个光景，等不得做这个事了。且待上了任再做商量。今日先请母亲上船安息。此处既无根绊，明日换个大船，就做好日开了罢。早到得任一日，也是好的。』

当夜，请母亲先搬在来船中了，茅舍中破锅破灶破碗破罐，尽多撇下。又分付当直的雇了一只往西粤长行的官船，次日搬过了行李，下了舱口停当。烧了利市神福，吹打开船。此时老母与七郎俱各精神荣畅，志气轩昂。七郎不曾受苦，是一路兴头过来的，虽是对着母亲，觉得满盈得意，还不十分怪异；那老母是历过苦难的，真是地下超升在天上，不知身子几多大了。一路行去，过了长沙，入湘江，次永州。州北江壖有个佛寺，名唤兜率禅院。舟人打点泊船在此过夜，看见岸边有大楠树一株，围合数抱，遂将船缆结在树上，结得牢牢的，又钉好了桩撅。七郎同老母进寺随喜，从人撑起伞盖跟后。寺僧见是官员，出来迎接送茶。私问来历，从人答道：『是现任西粤横州刺史。』寺僧见说是现任官，愈加恭敬，陪侍指引，各处游玩。那老母但看见佛菩萨像，只是磕头礼拜，谢他覆庇。天色晚了，俱各回船安息。

黄昏左右，只听得树梢呼呼的风响。须臾之间，天昏地黑，风雨大作。但见：

封姨逞势，巽二施威。空中如万马奔腾，树杪似千军拥沓。浪涛澎湃，分明战鼓齐鸣；圩岸倾颠，恍惚轰雷骤震。山中虓虎啸，水底老龙惊。尽知巨树可维舟，谁道大风能拔木！

众人听见风势甚大，心下惊惶。那艄公心里道是江风虽猛，亏得船系在极大的树上，生根得牢，万无一失。睡梦之中，忽听得天崩地裂价一声响亮，元来那株楠树年深日久，根行之处，把这些帮岸都拱得松了。又且长江巨浪，日夜淘洗，岸如何得牢？那树又大了，本等招风，怎当这一只狼犺的船，尽做力生根在这树上？风打得船猛，船牵得树重，树趁着风威，底下根在浮石中绊不住了，豁喇一声，竟倒在船上来，把只船打得粉碎。船轻树重，怎载得起？只见水乱滚进来，船已沉了。船中碎板，片片而浮，睡的婢仆，尽没于水。说时迟，那时快，艄公慌了手脚，喊将起来。郭七郎梦中惊醒，他从小原晓得些船上的事，与同艄公竭力死拖住船缆，才把个船头凑在岸上，搁得住。急在舱中水里，扶得个母亲，挽到得岸上来，逃了性命。其后艄人等，舱中什物行李，被几个大浪泼来，船底俱散，尽漂没了。其时，深夜昏黑，山门紧闭，没处叫唤，只得披着湿衣，三人捶胸跌脚价叫苦。

守到天明，山门开了，急急走进寺中，问着昨日的主僧。主僧出来，看见他慌张之势，问道：『莫非遇了盗么？』七郎把树倒舟沉之话说了一遍。寺僧忙走出看，只见岸边一只破船，沉在水里，岸上大楠树倒来压在其上，吃了一惊，急叫寺中火工道者人等，一同艄公，到破板舱中，遍寻东西。俱被大浪打去，没讨一些处。连那张刺史的告身，都没有了。寺僧权请进一间静室，安住老母，商量到零陵州州牧处

陈告情由，等所在官司替他动了江中遭风失水的文书，还可赴任。计议已定，有烦寺僧一往。寺僧与州里人情厮熟，果然叫人去报了。谁知：

浓霜偏打无根草，祸来只奔福轻人。

那老母原是兵戈扰攘中，看见杀儿掠女，惊坏了再苏的，怎当夜来这一惊可又不小，亦且婢仆俱亡，生资都尽，心中转转苦楚，面如蜡搽，饮食不进，只是哀哀啼哭，卧倒在床，起身不得了。七郎愈加慌张，只得劝母亲道：『留得青山在，不怕没柴烧。虽是遭此大祸，儿子官职还在，只要到得任所便好了。』老母带着哭道：『儿，你娘心胆俱碎，眼见得无那活的人了，还说这太平的话则甚？就是你做得官，娘看不着了！』七郎一点痴心，还指望等娘好起来，就地方起个文书前往横州到任，有个好日子在后头。谁想老母受惊太深，一病不起。过不多两日，呜呼哀哉，伏惟尚飨。七郎痛哭一场，无计可施。又与僧家商量，只得自往零陵州哀告州牧。州牧几日前曾见这张失事的报单过，晓得是真情。毕竟官官相护，道他是隔省上司，不好推得干净身子。一面差人替他殡葬了母亲，又重重赍助他盘缠，以礼送了他出门。七郎亏得州牧周全，幸喜葬事已毕，却是丁了母忧，去到任不得了。

寺僧看见他无了根蒂，渐渐怠幔，不肯相留。要回故乡，已此无家可归。没奈何就寄住在永州一个船埠经纪人的家里，原是他父亲在时走客认得的。却是囊橐俱无，止有州牧所助的盘缠，日吃日减，用不得几时，看看没有了。那些做经纪的人，有甚情谊？日逐有些怨咨起来，未免茶迟饭晏，箸长碗短。七郎觉得了，发话道：『我也是一郡之主，当是一路诸侯。今虽丁忧，后来还有日子，如何恁般轻薄？』店主人道：『说不得一郡两郡，皇帝失了势，也要忍些饥饿，吃些粗粝，何况于你是未任的官？就是官了，我每又不是什么横州百姓，怎么该供养你？我们的人家不做不活，须是吃自在食不起的。』七郎被他说了几句，无言可答，眼泪汪汪，只得含着羞耐了。

再过两日，店主人寻事吵闹，一发看不得了。七郎道：『主人家，我这里须是异乡，并无一人亲识可归，一向叨扰府上，情知不当，却也是没奈何了。你有甚么觅衣食的道路，指引我一个儿？』店主人道：『你这样人，种火又长，拄门又短，郎不郎秀不秀的，若要觅衣食，须把个「官」字儿阁起，照着常人，佣工做活，方可度日。你却如何去得？』七郎见说到佣工做活，气忿忿地道：『我也是方面官员，怎便到此地位？』思想：『零陵州州牧前日相待甚厚，不免再将此苦情告诉他一番，定然有个处法。难道白白饿死一个刺史在他地方了不成？』写了个帖，又无一个人跟随，自家袖了，葳葳蕤蕤，走到州里衙门上来递。

那衙门中人见他如此行径，必然是打抽丰，没廉耻的，连帖也不肯收他的。直到再三央及，把上项事一一分诉，又说到替他殡葬厚礼赆行之事，这却衙门中都有晓得的，方才肯接了进去，呈与州牧。州牧看了，便有好些不快活起来道：『这人这样不达时务的！前日吾见他在本州失事，又看上司体面，极意周全他去了，他如何又在此缠扰？或者连前日之事，未必是真，多是神棍假装出来骗钱的未可知。纵使是真，必是个无耻的人，还有许多无厌足处。吾本等好意，却叫得「引鬼上门」，我而今不便追究，只不理他罢了。』分付门上不受他帖，只说概不见客，把原帖还了。七郎受了这一场冷淡，却又想回下处不得。住在衙门上，守他出来时，当街叫喊。州牧坐在轿上问道：『是何人叫喊？』七郎口里高声答道：『是横州刺史郭翰。』州牧道：『有何凭据？』七郎道：『原有告身，被大风飘舟，失在江里了。』州牧道：『既无凭

据，知你是真是假？就是真的，赍发已过，如何只管在此缠扰？必是光棍，姑饶打，快走！」左右虞候看见本官发怒，乱棒打来，只得闪了身子开来，一句话也不说得，有气无力的，仍旧走回下处闷坐。

店主人早已打听他在州里的光景，故意问道：「适才见州里相公，相待如何？」七郎羞惭满面，只叹口气，不敢则声。店主人道：「我教你把「官」字儿阁起，你却不听我，直要受人怠慢。而今时势，就是个空名宰相，也当不出钱来了。除是靠着自家气力，方挣得饭吃。你不要痴了！」七郎道：「你叫我做甚勾当好？」店主人道：「你自想，身上有甚本事？」七郎道：「我别无本事，止是少小随着父亲，涉历江湖，那些船上风水，当艄拿舵之事，尽晓得些。」店主人喜道：「这个却好了，我这里埠头上来往船只多，尽有缺少执艄的。我荐你去几时，好歹觅几贯钱来，饿你不死了。」七郎没奈何，只得依从。从此只在往来船只上，替他执艄度日。去了几时，也就觅了几贯工钱回到店家来。永州市上人，认得了他，晓得他前项事的，就传他一个名，叫他做「当艄郭使君」。但是要寻他当艄的船，便指名来问郭使君。永州市上编成他一只歌儿道：

问使君，你缘何不到横州郡？元来是天作对，不作你假斯文，把家缘结果在风一阵。舵牙当执板，绳缆是拖绅。这是荣耀的下梢头也，还是把着舵儿稳。

——词名《挂枝儿》

在船上混了两年，虽然挨得服满，身边无了告身，去补不得官。若要京里再打关节时，还须照前得这几千缗使用，却从何处讨？眼见得这话休题了，只得安心塌地，靠着船上营生。又道是「居移气，养移体」，当初做刺史，便像个官员；而今在船上多年，状貌气质，也就是些篙工水手之类，一般无二。可笑个一郡刺史，如此收场。可见人生荣华富贵，眼前算不得帐的。上复世间人，不要十分势利。听我四句口号：

富不必骄，贫不必怨。
要看到头，眼前不算。

第二十三回

大姊魂游完宿愿 小姨病起续前缘

诗曰：

生死由来一样情，豆萁燃豆并根生。
存亡姊妹能相念，可笑阋墙亲弟兄。

话说唐宪宗元和年间，有个侍御李十一郎，名行修。妻王氏夫人，乃是江西廉使王仲舒女，贞懿贤淑，行修敬之如宾。王夫人有个幼妹，端妍聪慧，夫人极爱他，常领他在身边鞠养。连行修也十分爱他，如自家养的一般。一日，行修在族人处赴婚礼喜筵，就在这家歇宿。晚间忽做一梦，梦见自身再娶夫人。灯下把新人认看，不是别人，正是王夫人的幼妹。猛然惊觉，心里甚是不快活。巴到天明，连忙归家。进得门来，只见王夫人清早已起身了，闷坐着，将手频频拭泪，行修问着不答。行修便问家人道：「夫人为何如此？」家人辈齐道：「今早当厨老奴在厨下自说：「五更头做一梦，梦见相公再娶王家小娘子。」夫人知道了，恐怕自身有甚山高水低，所以悲哭了一早起了。」行修听罢，毛骨耸然，惊出一身冷汗，想道：「如何与我所梦正合？」他两个是恩爱夫妻，心下十分不乐。只得勉强劝谕夫人道：「此老奴颠颠倒倒，是个愚懵之人，其梦何足凭准！」口里虽如此说，心下因是两梦不约而同，终久有些疑惑。

只见隔不多几日，夫人生出病来，累医不效，两月而亡。行修哭得死而复苏，书报岳父王公，王公举家悲恸。因不忍断了行修亲谊，回书还答，便有把幼女续婚之意。行修伤悼正极，不忍说起这事，坚意回绝了岳父。于时有个卫秘书卫随，最能广识天下奇人。见李行修如此思念夫人，突然对他说道：「侍御怀想亡夫人如此深重，莫不要见他么？」行修道：「一死永别，如何能勾再见？」秘书道：「侍御若要见亡夫人，何不去问「稠桑王老」？」行修道：「王老是何人？」秘书道：「不必说破，侍御只牢牢记着「稠桑王老」四字，少不得有相会之处。」行修见说得作怪，切切记之于心。过了两三年，王公幼女越长成了，王公思念亡女，要与行修续亲，屡次着人来说。行修不忍背了亡夫人，只是不从。

此后，除授东台御史，奉诏出关，行次稠桑驿，驿馆中先有敕使住下了，只得讨个官房歇宿。那店名就叫做稠桑店。行修所得「稠桑」二字，触着便自上心，想道：「莫不什么王老正在此处？」正要跟寻间，只听得街上人乱嚷。行修走到店门边一看，只见一伙人团团围住一个老者，你扯我扯，你问我问，缠得一个头昏眼暗。行修问店主人道：「这些人何故如此？」主人道：「这个老儿姓王，是个希奇的人，善谈禄命。乡里人敬他如神！故此见他走过，就缠住问祸福。」行修想着卫秘书之言，道：「元来果有此人。」便叫店主人快请他到店相见。店主人见行修是个出差御史，不敢稽延，拨开人丛，走进去扯住他道：「店中有个李御史李十一郎奉请。」众人见说是官府请，放开围，让他出来，一哄多散了。到店相见。行修见是个老人，不要他行礼，就把想念亡妻，有卫秘书指引来求他的话，说了一遍，便道：「不知老翁果有奇术，能使亡魂相见否？」老人道：「十一郎要见亡夫人，就是今夜罢了。」

老人前走，叫行修打发开了左右，引了他一路走入一个土山中。又升了一个数丈的高坡，坡侧隐隐见有个丛林。老人便住在路旁，对行修道：「十一郎可走去林下，高声呼「妙子」，必有人应。应了，便说

道：「传语九娘子，今夜暂借妙子同看亡妻。」』行修依言，走去林间呼着，果有人应。又依着前言说了。少顷，一个十五六岁的女子走出来道：『九娘子差我随十一郎去。』说罢，便折竹二枝，自跨了一技，一枝与行修跨，跨上便同马一般快。行勾三四十里，忽到一处，城阙壮丽。前经一大宫，宫前有门。女子道：『但循西廊直北，从南第二宫，乃是贤夫人所居。』行修依言，趋至其处，果见十数年前一个死过的丫头，出来拜迎，请行修坐下。夫人就走出来，涕泣相见。行修伸诉离恨，一把抱住不放。却待要再讲欢会，王夫人不肯道：『今日与君幽显异途，深不愿如此贻妾之患；若是不忘平日之好，但得纳小妹为婚，续此姻亲，妾心愿毕矣。所要相见，只此奉托。』言罢，女子已在门外厉声催叫道：『李十一郎速出！』行修不敢停留，含泪而出。女子依前与他跨了竹枝同行。

到了旧处，只见老人头枕一块石头，眠着正睡。听得脚步响，晓得是行修到了，走起来问道：『可如意么？』行修道：『幸已相会。』老人道：『须谢九娘子遣人相送！』行修依言，送妙子到林间，高声称谢。回来问老人道：『此是何等人？』老人道：『此原上有灵应九子母祠耳。』老人复引行修到了店中，只见壁上灯盏荧荧，槽中马啖如故，仆夫等个个熟睡。行修疑道做梦，却有老人尚在可证。老人当即辞行修而去，行修叹异了一番。因念妻言谆恳，才把这段事情备细写与岳丈王公。从此遂续王氏之婚，恰应前日之梦。正是：

旧女婿为新女婿，大姨夫做小姨夫。

古来只有娥皇、女英姊妹两个，一同嫁了舜帝。其他姊姊亡故，不忍断亲，续上小姨，乃是世间常事。从来没有个亡故的姊姊怀此心愿，在地下撮合完成好事的。今日小子先说此一段异事，见得人生只有这个『情』字至死不泯的。只为这王夫人身子虽死，心中还念着亲夫恩爱，又且妹子是他心上喜欢的，一点情不能忘，所以阴中如此主张，了其心愿。这个还是做过夫妇多时的，如此有情，未足为怪。小子如今再说一个不曾做亲过的，只为不忘前盟，阴中完了自己姻缘，又替妹子联成婚事。怪怪奇奇，真真假假，说来好听。有诗为证：

还魂从古有，借体亦其常。
谁摄生人魄，先将宿愿偿？

这本话文，乃是元朝大德年间，扬州有个富人姓吴，曾做防御使之职，人都叫他做吴防御，住居春风楼侧，生有二女，一个叫名兴娘，一个叫名庆娘，庆娘小兴娘两岁，多在襁褓之中。邻居有个崔使君，与防御往来甚厚。崔家有子，名曰兴哥，与兴娘同年所生。崔公即求聘兴娘为子妇，防御欣然许之，崔公以金凤钗一只为聘礼。定盟之后，崔公合家多到远方为官去了。

一去一十五年，竟无消息回来。此时兴娘已一十九岁，母亲见他年纪大了，对防御道：『崔家兴哥一去十五年，不通音耗，今兴娘年已长成，岂可执守前说，错过他青春？』防御道：『一言已定，千金不移。吾已许吾故人了，岂可因他无耗，便欲食言？』那母亲终究是妇人家识见，见女儿年长无婚，眼中看不过意，日日与防御絮聒，要另寻人家。兴娘肚里，一心专盼崔生来到，再没有二三的意思。虽是亏得防御有正经，却看见母亲说起激聒，便暗地恨命自哭。又恐怕父亲被母亲缠不过，一时更变起来，心中长怀着忧虑，只愿崔家郎早来得一日也好。眼睛几望穿了，那里叫得崔家应？看看饭食减少，生出病来，沉眠枕席，半载而亡。父母与妹，及合家人等，多哭得发昏章第十一。临入殓时，母亲手持崔家原聘这只金凤钗，抚尸哭道：『此是你夫家之

物，今你已死，我留之何益？见了徒增悲伤，与你戴了去罢！』就替他插在髻上，盖了棺。三日之后，抬去殡在郊外了。家里设个灵座，朝夕哭奠。

殡过两个月，崔生忽然来到。防御迎进问道：『郎君一向何处？尊父母平安否？』崔生告诉道：『家父做了宣德府理官，殁于任所，家母亦先亡了数年。小婿在彼守丧，今已服除，完了殡葬之事。不远千里，特到府上来完前约。』防御听罢，不觉掉下泪来道：『小女兴娘薄命，为思念郎君成病，于两月前饮恨而终，已殡在郊外了。郎君便早到得半年，或者还不到得死的地步。今日来时，却无及了。』说罢又哭。崔生虽是不曾认识兴娘，未免感伤起来。防御道：『小女殡事虽行，灵位还在。郎君可到他席前看一番，也使他阴魂晓得你来了。』噙着眼泪，一手拽了崔生走进内房来。崔生抬头看时，但见：

纸带飘摇，冥童绰约。飘摇纸带，尽写着梵字金言；绰约冥童，对捧着银盆绣悦。一缕炉烟常袅，双台灯火微荧。影神图，画个绝色的佳人；白木牌，写着新亡的长女。

崔生看见了灵座，拜将下去。防御拍着桌子大声道：『兴娘吾儿，你的丈夫来了。你灵魂不远，知道也未？』说罢，放声大哭。合家见防御说得伤心，一齐号哭起来，直哭得一佛出世，二佛生天，连崔生也不知陪下了多少眼泪。哭罢，焚了些楮钱，就引崔生在灵位前，拜见了妈妈。妈妈兀自哽哽咽咽的，还了个半礼。

防御同崔生出到堂前来，对他道：『郎君父母既没，道途又远，今既来此，可便在吾家住宿。不要论到亲情，只是故人之子，即同吾子。勿以兴娘没故，自同外人。』即令人替崔生搬将行李来，收拾门侧一个小书房与他住下了。朝夕看待，十分亲热。

将及半月，正值清明节届，防御念兴娘新亡，合家到他冢上挂钱祭扫。此时兴娘之妹庆娘已是十七岁，一同妈妈抬了轿，到姊姊坟上去了，只留崔生一个在家中看守。大凡好人家女眷，出外稀少，到得时节头边，看见春光明媚，巴不得寻个事由来外边散心耍子。今日虽是到兴娘新坟上，心中怀着凄惨的；却是荒郊野外，桃红柳绿，正是女眷们游耍去处。盘桓了一日，直到天色昏黑，方才到家。崔生步出门外等候，望见女轿二乘来了，走在门左迎接。前轿先进，后轿至前，到崔生身边经过，只听得地下砖上，铿的一声，却是轿中掉一件物事出来。崔生待轿过了，急去拾起来看，乃是金凤钗一只。崔生知是闺中之物，急欲进去纳还，只见中门已闭。元来防御合家在坟上辛苦了一日，又各带了些酒意，进得门，便把门关了，收拾睡觉。崔生也晓得这个意思，不好去叫得门，且待明日未迟。

回到书房，把钗子放好在书箱中了，明烛独坐。思念婚事不成，只身孤苦，寄迹人门，虽然相待如子婿一般，终非久计，不知如何是个结果？闷上心来，叹了几声。上了床，正要就枕，忽听得有人扣门响。崔生问道：『是那个？』不见回言。崔生道是错听了，方要睡下去，又听得敲的毕毕剥剥。崔生高声又问，又不见声响了。崔生心疑，坐在床沿，正要穿鞋到门边静听，只听得又敲响了，却只不见则声。崔生忍耐不住，立起身来，幸得残灯未熄，重添亮了，拿在手里，开门出来一看。灯却明亮，见得明白，乃是十七八岁一个美貌女子，立在门外。看见门开，即便褰起布帘，走将进来。崔生大惊，吓得倒退了两步。那女子笑容可掬，低声对崔生道：『郎君不认得妾耶？妾即兴娘之妹庆娘也。适才进门时，钗坠轿下，故此乘夜来寻，郎君曾拾得否？』崔生见说是小姨，恭恭敬敬答应道：『适才娘子乘轿在后，果然落钗在地。小

生当时拾得，即欲奉还，见中门已闭，不敢惊动，留待明日。今娘子亲寻至此，即当持献。』就在书箱取出，放在桌上道：『娘子亲拿了去。』女子出纤手来取钗，插在头上了，笑嘻嘻的对崔生道：『早知是郎君拾得，妾亦不必乘夜来寻了。如今已是更阑时候，妾身出来了，不可复进。今夜当借郎君枕席，侍寝一宵。』崔生大惊道：『娘子说那里话！令尊令堂待小生如骨肉，小生怎敢胡行，有污娘子清德？娘子请回步，誓不敢从命的。』女子道：『如今合家睡熟，并无一个人知道的。何不趁此良宵，完成好事？你我悄悄往来，亲上加亲，有何不可？』崔生道：『欲人不知，莫若勿为。虽承娘子美情，万一后边有些风吹草动，被人发觉，不要说道无颜面见令尊，传将出去，小生如何做得人成？不是把一生行止多坏了？』女子道：『如此良宵，又兼夜深，我既寂寥，你亦冷落。难得这个机会，同在一个房中，也是一生缘分。且顾眼前好事，管甚么发觉不发觉？况妾自能为郎君遮掩，不至败露，郎君休得疑虑，错过了佳期。』崔生见他言词娇媚，美艳非常，心里也禁不住动火，只是想着防御相待之厚，不敢造次，好像个小儿放纸炮，真个又爱又怕。却待依从，转了一念，又摇头道：『做不得！做不得！』只得向女子哀求道：『娘子，看令姊兴娘之面，保全小生行止吧！』女子见他再三不肯，自觉羞惭，忽然变了颜色，勃然大怒道：『吾父以子侄之礼待你，留置书房，你乃敢于深夜诱我至此！将欲何为？我声张起来，告诉了父亲，当官告你。看你如何折辩？不到得轻易饶你！』声色俱厉。崔生见他反跌一着，放刁起来，心里好生惧怕。想道：『果是老大的利害！如今既见在我房中了，清浊难分，万一声张，被他一口咬定，从何分剖？不若且依从了他，倒还未见得即时败露，慢慢图个自全之策罢了。』正是：

羝羊触藩，进退两难。

只得陪着笑，对女子道：『娘子休要声高！既承娘子美意，小生但凭娘子做主便了。』女子见他依从，回嗔作喜道：『元来郎君恁地胆小的！』崔生闭上了门，两个解衣就寝。有《西江月》为证：

旅馆羁身孤客，深闺皓齿韶容。合欢裁就两情浓，好对娇鸾雏凤。
认道良缘辐辏，谁知哑谜包笼？新人魂梦雨云中，还是故人情重。

两人云雨已毕，真是千恩万爱，欢乐不可名状。将至天明，就起身来，辞了崔生，闪将进去。崔生虽然得了些甜头，心中只是怀着个鬼胎，战兢兢的，只怕有人晓得。幸得女子来踪去迹甚是秘密，又且身子轻捷，朝隐而入，暮隐而出。只在门侧书房，私自往来快乐，并无一个人知觉。

将及一月有余，忽然一晚对崔生道：『妾处深闺，郎处外馆。今日之事，幸而无人知觉。诚恐好事多磨，佳期易阻。一旦声迹彰露，亲

庭罪责，将妾拘系于内，郎赶逐于外，在妾便自甘心，却累了郎之清德，妾罪大矣。须与郎从长商议一个计策便好。』崔生道：『前日所以不敢轻从娘子，专为此也。不然，人非草木，小生岂是无情之物？而今事已到此，还是怎的好？』女子道：『依妾愚见，莫若趁着人未及知觉，先自双双逃去，在他乡外县居住了，深自敛藏，方可优游偕老，不致分离。你心下如何？』崔生道：『此言因然有理，但我目下零丁孤苦，素少亲知，虽要逃亡，还是向那边去好？』想了又想，猛然省起来道：『曾记得父亲在日，常说有个旧仆金荣，乃是信义的人。现居镇江吕城，以耕种为业，家道从容。今我与你两个前去投他，他有旧主情分，必不拒我。况且一条水路，直到他家，极是容易。』女子道：『既然如此，事不宜迟，今夜就走罢。』

商量已定，起个五更，收拾停当了。那个书房即在门侧，开了甚便。出了门，就是水口。崔生走到船帮里，叫了只小划子船，到门首下了女子，随即开船，径到瓜洲。打发了船，又在瓜洲另讨了一个长路船，渡了江，进了润州，奔丹阳，又四十里，到了吕城。泊住了船，上岸访问一个村人道：『此间有个金荣否？』村人道：『金荣是此间保正，家道殷富，且是做人忠厚，谁不认得！你问他则甚？』崔生道：『他与我有些亲，特来相访。有烦指引则个。』村人把手一指道：『你看那边有个大酒坊，间壁大门就是他家。』

崔生问着了，心下喜欢，到船中安慰了女子，先自走到这家门首，一直走进去。金保正听得人声，在里面踱将出来道：『是何人下顾？』崔生上前施礼。保正问道：『秀才官人何来？』崔生道：『小生是扬州府崔公之子。』保正见说了『扬州崔』三字，便吃一惊道：『是何官位？』崔生道：『是宣德府理官，今已亡故了。』保正道：『是官人的何人？』崔生道：『正是我父亲。』保正道：『这等是衙内了。请问当时乳名可记得么？』崔生道：『乳名叫做兴哥。』保正道：『说起来，是我家小主人也。』推崔生坐了，纳头便拜。问道：『老主人几时归天的？』崔生道：『今已三年了。』保正就走去掇张椅桌，做个虚位，写一神主牌，放在桌上，磕头而哭。哭罢，问道：『小主人，今日何故至此？』崔生道：『我父亲在日，曾聘定吴防御家小娘子兴娘……』保正不等说完，就接口道：『正是。这事老仆晓得的。而今想已完亲事了么？』崔生道：『不想吴家兴娘，为盼望吾家音信不至，得了病症。我到得吴家，死已两月。吴防御不忘前盟，款留在家。喜得他家小姨庆娘，为亲情顾盼，私下成了夫妇。恐怕发觉，要个安身之所；我没处投奔，想着父亲在时，曾说你是忠义之人，住在吕城，故此带了庆娘一同来此。你既不忘旧主，一力周全则个。』金保正听说罢，道：『这个何难！老仆自当与小主人分忧。』便进去唤嬷嬷出来，拜见小主人。又叫他带了丫头到船边，接了小主人娘子起来。老夫妻两个，亲自洒扫正堂，铺叠床帐，一如待主翁之礼。衣食之类，供给周备，两个安心住下。

将及一年，女子对崔生道：『我和你住在此处，虽然安稳，却是父母生身之恩，竟与他永绝了，毕竟不是个收场，心里也觉过不去。』崔生道：『事已如此，说不得了。难道还好去相见得？』女子道：『起初一时间做的事，万一败露，父母必然见责。你我离合，尚未可知。思量永久完聚，除了一逃，再无别着。今光阴似箭，已及一年。我想爱子之心，人皆有之。父母那时不见了我，必然舍不得的。今日若同你回去，父母重得相见，自觉喜欢，前事必不记恨。这也是料得出的。何不拚个老脸，双双去见他一面？有何妨碍？』崔生道：『丈夫以四方为事，只是这样潜藏在此，原非长算。今娘子主见如此，小生拚得受岳

丈些罪责，为了娘子，也是甘心的。既然做了一年夫妻，你家素有门望，料没有把你我重拆散了，再嫁别人之理。况有令姊旧盟未完，重续前好，正是应得。只须陪些小心往见，元自不妨。』

两个计议已定，就央金荣讨了一只船，作别了金荣，一路行去。渡了江，进瓜洲，前到扬州地方。看看将近防御家，女子对崔生道：『且把船歇在此处，未要竟到门口，我还有话和你计较。』崔生叫船家住好了船，问女子道：『还有甚么说话？』女子道：『你我逃窜一年，今日突然双双往见，幸得容恕，千好万好了。万一怒发，不好收场。不如你先去见见，看着喜怒，说个明白。大约没有变卦了，然后等他来接我上去，岂不婉转些？我也觉得有颜采。我只在此等你消息就是。』崔生道：『娘子见得不差。我先去见便了。』跳上了岸，正待举步。女子又把手招他转来道：『还有一说。女子随人私奔，原非美事。万一家中忌讳，故意不认帐起来的事也是有的，须要防他。』伸手去头上拔那只金凤钗下来，与他带去道：『倘若言语支吾，将此钗与他们一看，便推故不得了。』崔生道：『娘子恁地精细！』接将钗来，袋在袖里了。望着防御家里来。

到得堂中，传进去，防御听知崔生来了，大喜出见。不等崔生开口，一路说出来道：『向日看待不周，致郎君住不安稳，老夫有罪。幸看先君之面，勿责老夫！』崔生拜伏在地，不敢仰视，又不好直说，口里只称：『小婿罪该万死！』叩头不止。防御倒惊骇起来道：『郎君有何罪过？口出此言，快快说个明白！免老夫心里疑惑。』崔生道：『是必岳父高抬贵手，恕着小婿，小婿才敢出口。』防御说道：『有话但说，通家子侄，有何嫌疑？』崔生见他光景是喜欢的，方才说道：『小婿蒙令爱庆娘不弃，一时间结了私盟，房帷事密，儿女情多，负不义之名，犯私通之律。诚恐得罪非小，不得已夤夜奔逃，潜匿村墟。经今一载，音容久阻，书信难传。虽然夫妇情深，敢忘父母恩重？今日谨同令爱，到此拜访，伏望察其深情，饶恕罪责，恩赐偕老之欢，永遂于飞之愿！岳父不失为溺爱，小婿得完美室家，实出万幸！只求岳父怜悯则个。』防御听罢大惊道：『郎君说的是甚么话？小女庆娘卧病在床，经今一载。茶饭不进，转动要人扶靠，从不下床一步。方才的话，在那里说起的？莫不见鬼了？』崔生见他说话，心里暗道：『庆娘真是有见识！果然怕玷辱门户，只推说病在床上，遮掩着外人了。』便对防御道：『小婿岂敢说慌？目今庆娘现在船中，岳父叫个人去，接了起来，便见明白。』防御只是冷笑不信，却对一个家僮说：『你可走到崔家郎船上去看看，与他同来的是什么人，却认做我这庆娘子？岂有此理！』

家僮走到船边，向船内一望，舱中悄然不见一人。问着船家，船家正低着头，艄上吃饭。家僮道：『你舱里的人，那里去了？』船家道：『有个秀才官人，上岸去了，留个小娘子在舱中，适才看见也上去了。』家僮走来回复家主道：『船中不见有什么人，问船家说，有个小娘子，上了岸了，却是不见。』防御见无影响，不觉怒形于色道：『郎君少年，当诚实些，何乃造此妖妄，诬玷人家闺女，是何道理？』崔生见他发出话来，也着了急，急忙袖中摸出这只金凤钗来，进上防御道：『此即令爱庆娘之物，可以表信，岂是脱空说的？』防御接来看了，大惊道：『此乃吾亡女兴娘殡殓时戴在头上的钗，已殉葬多时了，如何得在你手里？奇怪！奇怪！』崔生却把去年坟上女轿归来，轿下拾得此钗，后来庆娘因寻钗夜出，遂得成其夫妇，恐怕事败，同逃至旧仆金荣处，住了一年，方才又同来的说话，备细述了一遍。防御惊得

呆了，道：『庆娘现在房中床上卧病，郎君不信可以去看得的。如何说得如此有枝有叶？又且这钗如何得出世？真是蹊跷的事。』执了崔生的手，要引他房中去看病人，证辨真假。

却说庆娘果然一向病在床上，下地不得。那日外厢正在疑惑之际，庆娘托地在床上走将起来，竟望堂前奔出。家人看见奇怪，同防御的嬷嬷一哄的都随了出来，嚷道：『一向动不得的，如今忽地走将起来。』只见庆娘到得堂前，看见防御便拜。防御见是庆娘，一发吃惊道：『你几时走起来的？』崔生心里还暗道：『是船里走进去的，且听他说甚么？』只见庆娘道：『儿乃兴娘也，早离父母，远殡荒郊。然与崔郎缘分未断，今日来此，别无他意。特为崔郎方便，要把爱妹庆娘续其婚姻。如肯从儿之言，妹子病体，当即痊愈。若有不肯，儿去，妹也死了。』合家听说，个个惊骇，看他身体面庞，是庆娘的；声音举止，却是兴娘。都晓得是亡魂归来附体说话了。防御正色责他道：『你既已死了，如何又在人世，妄作胡为，乱惑生人？』庆娘又说着兴娘的话道：『儿死去见了冥司，冥司道儿无罪，不行拘禁，得属后土夫人帐下，掌传笺奏。儿以世缘未尽，特向夫人给假一年，来与崔郎了此一段姻缘。妹子向来的病，也是儿假借他精魄，与崔郎相处来。今限满当去，岂可使崔郎自此孤单，与我家遂同路人！所以特来拜求父母，是必把妹子许了他，续上前姻。儿在九泉之下，也放得心下了。』防御夫妻见他言词哀切，便许他道：『吾儿放心！只依着你主张，把庆娘嫁他便了。』兴娘见父母许出，便喜动颜色，拜谢防御道：『多感父母肯听儿言，儿安心去了。』走到崔生面前，执了崔生的手，哽哽咽咽哭起来道：『我与你恩爱一年，自此别了。庆娘亲事，父母已许我了，你好作娇客，与新人欢好时节，不要竟忘了我旧人！』言毕大哭。崔生见说了来踪去迹，方知一向与他同住的，乃是兴娘之魂。今日听罢叮咛之语，虽然悲切，明知是小姨身体，又在众人面前，不好十分亲近得。只见兴娘的魂语，分付已罢，大哭数声，庆娘身体蓦然倒地。众人惊惶，前来看时，口中已无气了。摸他心头，却温温的，急把生姜汤灌下，将有一个时辰，方醒转来。病体已好，行动如常。问他前事，一毫也不晓得。人丛之中，举眼一看，看见崔生站在里头，急急遮了脸，望中门奔了进去。崔生如梦初觉，惊疑了半日始定。

防御就拣个黄道吉日，将庆娘与崔生合了婚。花烛之夜，崔生见过庆娘惯的，且是熟分。庆娘却不十分认得崔生的，老大羞惭。真个是：

一个闺中弱质，与新郎未经半晌交谈；一个旅邸故人，共娇面曾做一年相识。一个只觉耳畔声音稍异，面目无差；一个但见眼前光景皆新，心胆尚怯。一个还认蝴蝶梦中寻故友，一个正在海棠枝上试新红。

却说崔生与庆娘定情之夕，只见庆娘含苞未破，元红尚在，仍是处子之身。崔生悄悄地问他道：『你令姊借你的身体，陪伴了我一年，如何你身子还是好好的？』庆娘怫然不悦道：『你自撞见了姊姊鬼魂做作出来的，干我甚事，说到我身上来。』崔生道：『若非令姊多情，今日如何能勾与你成亲？此恩不可忘了。』庆娘道：『这个也说得是，万一他不明不白，不来周全此事，借我的名头，出了我偌多时丑，我如何做得人成？只你心里到底认是我随你逃走了的，岂不羞死人！今幸得他有灵，完成你我的事，也是他十分情分了。』

次日崔生感兴娘之情不已，思量荐度他。却是身边无物，只得就将金凤钗到市货卖，卖得钞二十锭，尽买香烛楮锭，赍到琼花观中，命道士建醮三昼夜，以报恩德。醮事已毕，崔生梦中见一个女子来到，崔

生却不认得。女子道：『妾乃兴娘也，前日是假妹子之形，故郎君不曾相识。却是妾一点灵性，与郎君相处一年了。今日郎君与妹子成亲过了，妾所以才把真面目与郎相见。』遂拜谢道：『蒙郎荐拔，尚有余情。虽隔幽明，实深感佩。小妹庆娘，禀性柔和，郎好看觑他！妾从此别矣。』崔生不觉惊哭而醒。庆娘枕边见崔生哭醒来，问其缘故。崔生把兴娘梦中说话，一一对庆娘说。庆娘问道：『你见他如何模样？』崔生把梦中所见容貌，备细说来，庆娘道：『真是我姊也！』不觉也哭将起来。庆娘再把一年中相处事情，细细问崔生，崔生逐件和庆娘各说始末根由，果然与兴娘生前情性光景无二。两人感叹奇异，亲上加亲，越发过得和睦了。自此兴娘别无影响。要知只是一个『情』字为重，不忘崔生，做出许多事体来，心愿既完，便自罢了。此后崔生与庆娘年年到他坟上拜扫，后来崔生出仕，讨了前妻封诰，遗命三人合葬。曾有四句口号，道着这本话文：

大姊精灵，小姨身体。
到得圆成，无此无波。

第二十四回

盐官邑老魔魅色　会骸山大士诛邪

诗曰：

王濬楼船下益州，金陵王气黯然收。
千寻铁锁沉江底，一片降帆出石头。
人世几回伤往事，山形依旧枕清流。
而今四海为家日，故垒萧萧芦荻秋。

这八句诗，唐朝刘梦得所作，乃是金陵燕子矶怀古的。这个燕子矶在金陵西北，正是大江之滨，跨江而出，在江里看来，宛然是一只燕子扑在水面上，有头有翅。昔贤好事者，恐怕他飞去，满山多用铁锁锁着，就在这燕子项上造着一个亭子镇住他。登了此亭，江山多在眼前，风帆起于足下，最是金陵一个胜处。就在矶边，相隔一里多路，有个弘济寺。寺左转去，一派峭壁插在半空，就如石屏一般。壁尽处，山崖回抱将来。当时寺僧于空处建个阁，半嵌石崖，半临江水，阁中供养观世音像，像照水中，毫发皆见，宛然水月之景，就名为观音阁。载酒游观者殆无虚日。奔走既多，灵迹颇著，香火不绝。只是清静佛地，做了吃酒的所在，未免作践。亦且这些游客，随喜的多，布施的少。那阁年深月久，没有钱粮修葺，日渐坍塌了些。

一日，有个徽商某，泊舟矶下，随步到弘济寺游玩。寺僧出来迎接着，问了姓名，邀请吃茶。茶罢，寺僧问道：『客官何来？今往何处？』徽商答道：『在扬州过江来，带些本钱要进京城小铺中去。天色将晚，在此泊着，上来耍耍。』寺僧道：『此处走去，就是外罗城观音门了。进城止有二十里，客官何不搬了行李到小房宿歇了？明日一肩行李，脚踏实地，绝早到了。若在船中，还要过龙江关盘验，许多担搁。又且晚间此处矶边风浪最大，是歇船不得的。』徽商见说得有理，果然走到船边，把船打发去了。搬了行李，竟到僧房中来。安顿了，寺僧就陪着登阁上观看。

徽商看见阁已颓坏，问道：『如此好风景，如何此阁颓坏至此？』寺僧道：『此间来往的尽多，却多是游耍的，并无一个舍财施主。寺僧又贫，修理不起，所以如此。』徽商道：『游耍的人，毕竟有大手段的在内，难道不布施些？』寺僧道：『多少王孙公子，只是带了娼妓来吃酒作乐，那些人身上便肯撒漫，佛天面上却不照顾。还有豪奴狠仆，家主既去，剩下酒肴，他就毁门拆窗，将来烫酒煮饭，只是作践，怎不颓坏？』徽商叹惜不已。寺僧便道：『朝奉若肯喜舍时，小僧便修葺起来不难。』徽商道：『我昨日与伙计算帐，多出三十两一项银子来。我就舍在此处，修好了阁，一来也是佛天面上，二来也在此间留个名。』寺僧大喜称谢，下了阁到寺中来。

元来徽州人心性俭啬，却肯好胜喜名，又崇信佛事。见这个万人往来去处，只要传开去，说观音阁是某人独自修好了，他心上便快活。所以一口许了三十两，走到房中，解开行囊，取出三十两一包，交付与寺僧。不想寺僧一手接银，一眼瞟去，看见余银甚多，就上了心。一面分付行童，整备夜饭款待，着地奉承，殷勤相劝，把徽商灌得酩酊大醉。夜深人静，把来杀了。启他行囊来看，看见搭包多是白物，约有五百余两，心中大喜。与徒弟计较，要把尸来抛在江里。徒弟道：『此时山门已锁，须要住持师父处取匙钥。盘问起来，遮掩不得。不但做出事来，且要分了东西去。』寺僧道：『这等如何处置？』徒弟道：『酒房中有个大瓮，莫若权把来断碎了，入在瓮中。明日觑个空便，连瓮将

初刻拍案惊奇

去，抛在江中，方无人知觉。』寺僧道：『有理，有理。』果然依话而行。可怜一个徽商做了几段碎物！好意布施，得此惨祸。

那僧徒收拾净尽，安贮停当，放心睡了。自道神鬼莫测，岂知天理难容！是夜有个巡江捕盗指挥，也泊舟矶下，守候甚么公事。天早起来，只见一个妇人走到船边，将一个担桶汲水，且是生得美貌。指挥留心，一眼望他那条路去，只见不走到民家，一直走到寺门里来。指挥疑道：『寺内如何有美妇担水？必是僧徒不公不法。』带了哨兵，一路赶来，见那妇人走进一个僧房。指挥人等又赶进去，却走向一个酒房中去了。寺僧见个官带了哨兵，绝早来到，虚心病发，个个面如土色，慌慌张张，却是出其不意，躲避不及。指挥先叫把僧人押定，自己坐在堂中，叫两个兵到酒房中搜看。只见妇人进得房门，隐隐还在里头，一见人来，钻入瓮里去了，走来禀了指挥。指挥道：『瓮中必有冤枉。』就叫哨兵取出瓮来，打开看时，只见血肉狼藉，头颅劈破，是一个人碎割了的。就把僧徒两个缚了，解到巡江察院处来。一上刑罚，僧徒熬苦不过，只得从实供招，就押去寺中，起赃来为证；问成大辟，立时处决。众人见僧口招，因为布施修阁，起心谋杀，方晓得适才妇人，乃是观音显灵，那一个不念一声『南无灵感观世音菩萨』？要见佛天甚近，欺心事是做不得的。

从来观世音极灵，固然无处不显应，却是燕子矶的，还是小可；香火之盛，莫如杭州三天竺。那三天竺是上天竺、中天竺、下天竺。三天竺中，又是上天竺为极盛。这个天竺峰在府城之西，西湖之南。登了此峰，西湖如掌，长江如带，地胜神灵，每年间人山人海，挨挤不开的。而今小子要表白天竺观音一件显灵的，与看官们听着。且先听小子《风》《花》《雪》《月》四词，然后再讲正话。

风袅袅，风袅袅，各岭泣孤松，春郊摇弱草。收云月色明，卷雾天光早。清秋暗送桂香来，极夏频将炎气扫。风袅袅，野花乱落令人老。——右《咏风》。

花艳艳，花艳艳，妖娆巧似妆，锁碎浑如剪。露凝色更鲜，风送香常远。一技独茂逞冰肌，万朵争妍含醉脸。花艳艳，上林富贵真堪羡。——右《咏花》。

雪飘飘，雪飘飘，翠玉封梅萼，青盐压竹梢。洒空翻絮浪，积槛锁银桥。千山浑骇铺铅粉，万木依稀拥素袍。雪飘飘，长途游子恨迢遥。——右《咏雪》。

月娟娟，月娟娟，乍缺钩横野，方团镜挂天。斜移花影乱，低映水纹连。诗人举盏搜佳句，美女推窗迟月眠。月娟娟，清光千古照无边。——右《咏月》。

看官，你道这四首是何人所作？话说洪武年间浙江盐官会骸山中，有一老者，缁服苍颜，幅巾绳履，是个道人打扮。不见他治甚生业，日常醉歌于市间，歌毕起舞，跳木缘枝，宛转盘旋，身子轻捷，如惊鱼飞燕。又且知书善咏，诙谐笑浪，秀发如泻，有文士登游此山者，常与他唱和谈谑。一日大醉，索酒家笔砚，题此四词在石壁上，观者称赏。自从写过，黑迹渐深，越磨越亮。山中这些与他熟识的人，见他这些奇异，疑心他是个仙人，却再没处查他的踪迹，日日往来山中，又不见个住家的所在。虽然有些疑怪，习见习闻，日月已久，也不以为意了，平日只以老道相称呼而已。

离山一里之外，有个大姓仇氏。夫妻两个，年登四十，极是好善，并无子嗣。乃舍钱刻一慈悲大士像，供礼于家，朝夕香花灯果，拜求如愿。每年二月十九日是大士生辰，夫妻两个，斋戒虔诚，躬往天

竺。三步一拜，拜将上去，烧香祈祷：不论男女，求生一个，以续后代。如是三年，其妻果然有了妊孕。十月期满，晚间生下一个女孩。夫妻两个欢喜无限，取名夜珠。因是夜里生人，取掌上珠之意，又是夜明珠宝贝一般。年复一年，看看长成，端慧多能，工容兼妙。父母爱惜他真个如珠似玉，倏忽已是十九岁。父母俱是六十以上了，尚未许聘人家。

你道老来子，做父母的，巴不得他早成配偶，奉事暮年，怎的二八当年多过了，还未嫁人。只因夜珠是这大姓的爱女，又且生得美貌伶俐，夫妻两个做了一个大指望，道是必要拣个十全毫无嫌鄙的女婿来嫁他，等他名成利遂，老夫妇靠他终身。亦且只要入赘的，不肯嫁出的。左近人家，有几家来说的，两个老人家嫌好道歉；便有数家像意的，又要娶去，不肯入赘；有女婿人物好，学问高的，家事又或者淡薄些；有人家资财多，门户高的，女婿又或者愚蠢些。所以高不辏，低不就，那些做媒的，见这两个老人家难理会，也有好些不耐烦，所以亲事越迟了。却把仇家女子美貌、择婿难为人事之名，远近都传播开来。谁知其间动了一个人的火。看官，你道这个人是那个？敢是石崇之富，要买绿珠的？敢是相如之才，要挑文君的？敢是潘安之貌，要引那掷果妇女的？看官，若如此，这多是应得想着的了。说来一场好笑，元来是：

周时吕望，要寻个同钓鱼的对手；汉时伏生，要娶个共讲书的配头。

你道是甚人？乃就是题《风》《花》《雪》《月》四词的。这个老头儿，终日缠着这些媒人，央他仇家去说亲。媒人问：『是那个要娶？』说来便是他自己。这些媒人，也只好当做笑话罢了，谁肯去说？大家说了，笑道：『随你千选万选，这家女儿臭了烂了，也轮不到说起他，正是老没志气，阴沟洞里思量天鹅肉吃起来！』那老道见没人肯替他做媒，他就老着脸自走上仇大姓门来。

大姓夫妻二人正同在堂上，说着女儿婚事未谐，唧唧哝哝的商量，忽见老道走将进来。大姓平日晓得这人有些古怪的，起来相迎。那妈妈见是大家老人家，也不回避。三人施礼已毕，请坐下了。大姓问道：『老道，今日为何光降茅舍？』老道道：『老仆特为令爱亲事而来。』两人见说是替女儿说亲的，忙叫：『看茶。』就问道：『那一家？』老道道：『就是老仆家。』大姓见说了就是他家，正不知这老道住在那里的，心里已有好些不快意了，勉强答他道：『从来相会，不知老道有几位令郎？』老道道：『不是小儿，老仆晓得令爱不可作凡人之配，老仆自己要娶。』大姓虽怪他言语不伦，还不认真，说道：『老道平日专好说笑说耍。』老道道：『并非要笑，老仆果然愿做门婿，是必要成的，不必推托！』大姓夫妇见他说得可恶，勃然大怒道：『我女闺中妙质，等闲的不敢求聘。你是何人？辄敢胡言乱语！』立起身把他一搡。老道从容不动，拱立道：『老丈差了。老丈选择东床，不过为养老计耳。若把令爱嫁与老仆，老仆能孝养吾丈于生前，礼祭吾丈于身后，大事已了，可谓极得所托的。这个不为佳婿，还要怎的才佳么？』大姓大声叱他道：『人有贵贱，年有老少，贵贱非伦，老少不偶，也不肚里想一想，敢来唐突，戏弄吾家！此非病狂，必是丧心，何足计较！』叫家人们持杖赶逐。仇妈妈只是在旁边夹七夹八的骂。老道笑嘻嘻，且走且说道：『不必赶逐，我去罢了。只是后来追悔，要求见我，就无门了。』大姓又指着他骂道：『你这个老枯骨！我要求见你做甚么？少不得看见你早晚倒在路旁，被狗拖鸦啄的日子在那里。』老

道把手掀着须髯，长笑而退。

大姓叫闭了门，夫妻二人气得个懑胸塞肚，两相埋怨道：『只为女儿不受得人聘，受此大辱。』分付当直的，分头去寻媒婆来说亲。这些媒婆走将来，闻知老道自来求亲之事，笑一个不住道：『天下有此老无知！前日也曾央我们几次，我们没一个肯替他说，他只得自来了。』大姓道：『此老腹中有些文才，最好调戏。他晓得吾家择婿太严，未有聘定，故此奚落我。你们如今留心，快与我寻寻，人家差不多的，也罢了。我自重谢则个。』媒人应承自去了，不题。

过得两日，夜珠靠在窗上绣鞋，忽见大蝶一双飞来，红翅黄身，黑须紫足，且是好看。旋绕夜珠左右不舍，恰像眷恋他这身子芳香的意思。夜珠又喜又异，轻以罗帕扑他，扑个不着，略略飞将开去。夜珠忍耐不定，笑呼丫鬟同来扑他，看看飞得远了，夜珠一同丫鬟，随他飞去处，赶将来。直至后园牡丹花侧，二蝶渐大如鹰。说时迟，那时快，飞近夜珠身边来，各将翅攒定夜珠两腋，就如两个大箬笠一般，扶挟夜珠从空而起。夜珠口里大喊，丫鬟惊报大姓，夫妻急忙赶至园中，已见夜珠同两蝶在空中，向墙外飞去了。大姓惊喊号叫，没法救得。老夫妻两个放声大哭道：『不知是何妖术，摄将去了。』却没个头路猜得出，从此各处探访，不在话下。

却说夜珠被两蝶夹起在空中，如登云雾，心里明知堕了妖术，却是脚不点地，身不自主。眼望下去，却见得明白。看见过了好些荆蓁路径，几个险峻山头，到一巑岏山窟中，方才渐渐放下。看看小小一洞，止可容头，此外别无走路。那两蝶已自不见了，只见洞边一个老人家，道者装扮，拱立在那里。见了夜珠，欢欢喜喜，伸手来拽了夜珠的手，对洞口喝了一声。听得轰雷也似响亮，洞忽开裂。老道同夜珠身子已在洞内。夜珠急回头看时，洞已抱合如旧，出去不得了。

夜珠慌忙之中，偷眼看那洞中，宽敞如堂。有人面猴形之辈，二十余个皆来迎接这老道，口称『洞主』。老道分付道：『新人到了，可设筵席。』猴形人应诺。又看见旁边一房，甚是精洁，颇似僧室，几窗间有笔砚书史；竹床石凳，摆列两行。又有美妇四五人，丫鬟六七人，妇人坐，丫鬟立侍。床前特设一席，不见荤腥，只有香花酒果。老道对众道：『吾今日与新人成礼则个。』就来牵夜珠同坐。夜珠又恼又怕，只是站立不动。老道着恼，喝叫猴形人四五个来揪采将来，按住在坐上。夜珠到此无奈，只得坐了。老道大喜，频频将酒来劝，夜珠只推不饮。老道自家大碗价吃，不多时大醉了。一个妇人，一个丫鬟，扶去床中相伴寝了。夜珠只在石凳之下蹲着，心中苦楚，想着父母，只是哭泣，一夜不曾合眼。

明早起来，老道看见夜珠泪痕不干，双眼尽肿，将手抚他背，安慰他道：『你家中甚近，胜会方新，何乃不趁少年取乐，自苦如此？若从了我，就同你还家拜见爹娘，骨肉完聚，极是不难。你若执迷不从，凭你石烂海枯，此中不可复出了。只凭你算计，走那一条路？』夜珠闻言自想：『我断不从他！料无再出之日了，要这性命做甚？不如死休！』将头撞在石壁上去，要求自尽。老道忙使众妇人拦住，好言劝他道：『娘子既已到此，事不由己，且从容住着。休得如此轻生！』夜珠只是啼哭，从此不进饮食，欲要自饿而死。不想不吃了十多日，一毫无事。

夜珠求死不得，无计可施，自怕不免污辱，只是心里暗祷观世音，求他救拔。老道日与众妇淫戏，要动夜珠之心，争奈夜珠心如铁石，毫不为动。老道见他不快，也不来强他，只是在他面前百般弄法

弄巧，要图他笑颜开了，欢喜成事。所以日逐把些奇怪的事，做与他看，一来要他快活，二来卖弄本事高强，使他绝了出外之念，死心塌地随他。你道他如何弄法？他秋时出去，取田间稻花，放好在石柜中了，每日只将花合余爨起，开锅时满锅多是香米饭。又将一瓮水，用米一撮，放在水中，纸封了口，藏于松间，两三日开封取吸，多变做扑鼻香醪。所以供给满洞人口，酒米不须营求，自然丰足。若是天雨不出，就剪纸为戏，或蝶或凤，或狗或燕，或狐狸、猿猱、蛇鼠之类皆有。嘱他去到某家取某物来用，立刻即至。前取夜珠的双蝶，即是此法。若取着家火什物之类，用毕无事，仍教拿去还了。桃梅果品，日轮猴形人两个供办，都是带叶连枝，是山中树上所取，不是摄将来的。夜珠日日见他如此作用，虽然心里也道是奇怪，再没有一毫随顺他的意思。老道略来缠缠，即便要死要活，大哭大叫。老道不耐烦，便去搂着别个妇女去适兴了。还亏得老道心性，只爱喜欢不爱烦恼的，所以夜珠虽摄在洞里多时，还得全身不损。

一日，老道出去了，夜珠对众妇人道：『你我俱是父母遗体，又非山精木魅，如何顺从了这妖人，自受其辱？』众美叹息，对夜珠道：『我辈皆是人身，岂甘做这妖人野偶？但今生不幸，被他用术陷在此中，撇父母，弃糟糠，虽朝暮忧思，竟成无益，所以忍耻偷生，譬如做了一世猪羊犬马罢了。事势如此，你我拗他何用？不若放宽了心度日去，听命于天，或者他罪恶有个终时，那日再见人世。』言罢各各泪下如雨。有《商调·醋葫芦》一篇，咏着众妇云：

众娇娥，黯自伤，命途乖，遭魍魉。虽然也颠鸾倒凤喜非常，觑形容不由心内慌。总不过匆匆完帐，须不是桃花洞里老刘郎。

又有一篇咏着仇夜珠云：

夜光珠，世所希，未登盘，坠淤泥。清光到底不差池，笑妖人枉劳色自迷。有一日天开日霁，只怕得便宜，翻做了落便宜。

众人正自各道心事，哀伤不已，忽见猴形人传来道：『洞主回来了。』众人恐怕他知觉，掩泪而散，只有夜珠泪不曾干。老道又对他道：『多时了，还哭做甚？我只图你渐渐厮熟，等你心顺了我，大家欢畅。省得逼你做事，终久不像我意，故不强你。今日子已久，你只不转头，不要讨我恼怒起来，叫几个按住了你，强做一番，不怕你飞上天去。』夜珠见说，心慌不敢啼哭，只是心中默祷观音救护，不在话下。

却说仇大姓夫妻二人，自不见了女儿，终日思念，出一单榜在通衢道：『有能探访得女儿消息来报者，罄赔家产，将女儿与他为妻。』虽然如此，荏苒多时，并无影响。又且日见他飞升去的，晓得是妖人摄去，非人力可及。没计奈何，只好日日在慈悲大士像前，悲哭拜祝道：『灵感菩萨，女儿夜珠元是在菩萨面前求得的，今遭此妖术摄去，若菩萨不救拔还我，当时何不不要见赐，也倒罢了。望菩萨有灵有感。』日日如此叫号，精诚所感，真是叫得泥神也该活现起来的。

一日，会骸山岭上，忽然有一根旛竿，逼直竖将起来，竿上挂着一件物事。这岭上从无此竿的，一时哄动了许多人，万众齐观。竿末之物，俱各不识明白，胡猜乱讲。内中有一秀士，姓刘名德远，乃是名家之子，少年饱学，极是个负气好事的人。他见了这个异事，也是书生心性，心里毕竟要跟寻着一个实实下落。便叫几个家人，去拿了些粗布绳索，做了软梯，带些挠钩、钢叉、木板之类，叫一声道：『有高兴要看的，都随我来。』你看他使出聪明，山高无路处，将钢叉叉着软梯，搭在大树上去；不平处，用板衬着；有路险难走处，用挠钩吊着。他一

个上前，赶兴的就不少了。连家人共有一二十人，一直吊了上去。到得岭上，地却平宽。立定了脚，望下一看，只见山腰一个巉岏之处，有洞甚大。妇女十数个，或眠或坐，多如醉迷之状。有老猴数十，皆身首二段，血流满地。站得高了，自上看下，纤细皆见。然后看那旛竿及所挂之物，乃是一个老猕猴的骷髅。

刘德远大加惊异。先此那仇家失女出榜，是他一向知道的。当时便自想道：『这些妇女里头，莫不仇氏之女也在？』急忙下岭来叫人报了县里，自己却走去报了仇大姓。大姓喜出非常，同他到县里听候遣拨施行。县令随即差了一队兵快到彼收勘。兵快同了刘德远再上岭来，大姓年老，走不得山路，只在县前伺候。德远指与兵快路径，一拥前来。原来那洞在高处方看得见，在山下却与外不通，所以妖魅藏得许多人在里头。今在岭上，却都在目前了。兵快看见了这些妇女，攀藤附葛，开条路径，一个个领了出来。到了县里，仇大姓还不知女儿果在内否。远远望去，只见夜珠头蓬发乱，杂随在妇女队里。大姓吊住夜珠，父子抱头大哭。

到了县堂，县令叫众妇上来，问其来历备细。众妇将始终所见，日逐事体说了。县令晓得多是良家妇女，为妖术所迷的。又问道：『今日谁把这些妖物斩了？』众妇道：『今日正要强奸仇夜珠，忽然天昏地暗，昏迷之中，只听得一派喧嚷啼哭之声，刀剑乱响，却不知个缘故。直等兵快人众来救，方才苏醒。只见群猴多杀倒在地，那老妖不见了。』刘德远同众人献上骷髅与旛竿，禀道：『那骷髅标示在旛竿之首，必竟此是老妖，为神明所诛的。』县令道：『那旛竿一向是岭上的么？』众人道：『岭上并无。』县令道：『奇怪！这却那里来的？』叫刘德远把竿验看，只见上有细字数行，乃是上天竺大士殿前之物，年月犹存。县令晓得是观音显见，不觉大骇。随令该房出示，把妇女逐名点明，召本家认领。

那仇大姓在外边伺候，先具领状，领了夜珠出来。真就是黑夜里得了一颗明珠，心肝肉的，口里不住叫。到家里见了妈妈，又哭个不住，问夜珠道：『你那时被妖法摄起半空，我两个老人家赶来，已飞过墙了。此后将你到那里去？却怎么？』夜珠道：『我被两个大蝶抬在空中，心里明白的。只是身子下来不得。爸妈叫喊，都听得的。到得那里，一个道装的老人家，迎着进了洞去。这些妖怪叫老人家做「洞主」，逼我成亲。这里头先有这几个妇女在内，却是同类之人，被他摄在洞奸宿的，也来相劝。我到底只是执意不肯。』妈妈便道：『儿，只要今日归来，再得相见便好了。随是破了身子，也是出于无奈，怪不得你的。』夜珠道：『娘，不是这话！亏我只是要死要活，那老妖只去与别个淫媾了，不十分来缠我，幸得全身。今日见我到底不肯，方才用强，叫几个猴形人拿住手脚，两三个妇女来脱小衣。正要奸淫，儿晓得此番定是难免，心下发极，大叫「灵感观世音」起来。只听得一阵风过处，天昏地黑，鬼哭神嚎，眼前伸手不见五指，一时晕倒了。直到有许多人进洞相救，才醒转来。看见猴形人个个被杀了，老妖不见了，正不知是个甚么缘故？』仇大姓道：『自你去后，爹妈只是拜祷观世音，日夜不休。人多见我虔诚，十分怜悯，替我体访，却再无消耗。谁想今日果是观世音显灵，诛了妖邪！前日这老道硬来求亲时，我们只怪他不揣，岂知是个妖魔！今日也现世报了。虽然如此，若非刘秀才做主为头，定要探看旛竿上物事下落，怎晓得洞里有人？又得他报县救取，又且先来报我，此恩不可忘了。』

正说话处，只见外边有几个妇女，同了几家亲识，来访夜珠并他爹妈。三人出来接进，乃是同在洞中还家的。各人自家里相会过了，见外边传说仇家爹妈祈祷虔诚，又得夜珠力拒妖邪，大呼菩萨，致得神明感应，带挈他们重见天日，齐来拜谢。爹妈方晓得夜珠所言全是真话。众人称谢已毕，就要商量被害几家协力出资，建庙山顶，奉祠观世音，尽皆喜跃。

正在议论间，只见刘秀才也到仇家相访。他书生好奇，只要来问洞中事体备细，去书房里记录新闻，原无他意，恰好撞见许多人在内。问着，却多是洞里出来的与亲眷人等，尽晓得是刘秀才，是为头到岭上看见了报县的，方得救出，乃是大恩人，尽皆罗拜称谢。秀才便问：『你们众人都聚此一家，是甚缘故？』众人把仇老虔诚祷神，女儿拒奸呼佛，方得观音灵感，带挈众人脱难，故此一来走谢，二来就要商量敛资造庙。『难得秀才官人在此，也是一会之人，替我们起个疏头，说个缘起，明日大家禀了县里，一同起事。』刘秀才道：『这事在我身上。我明日到县间与县官说明，一来是造庙的事，二来难得仇家小娘子贞坚感应，也该表扬的。』那仇大姓口里连称『不敢』，看见刘秀才语言慷慨，意气轩昂，也就上心了。便问道：『秀才官人，令岳是那家？』秀才道：『年幼磋跎，尚未娶得。』仇大姓道：『老夫有誓言在先：有能探访女儿消息来报者，罄赔家产，将女儿与他为妻。这话人人晓得。今日得秀才亲至岭上，探得女儿归来，又且先报老夫，老夫不敢背前言。趁着众人都在舍下，做个证见，结此姻缘。意下如何？』众人大家喝采起来道：『妙！妙！正是女貌郎才，一双两好。』刘秀才不肯起来道：『老丈休如此说。小生不过是好奇高兴，故此不避险阻，穷讨怪迹。偶得所见如此，想起宅上失了令爱，沿街贴榜已久，故此一时喜事走来奉报，原无心望谢。若是老丈今日如此说，小觑了小生是一团私心了，不敢奉命。』众人共相撺掇，刘秀才反觉得没意思，不好回答得，别了自去。众人约他明日县前相会。

刘秀才去了，众人多称赞他：『果是个读书君子，有义气，好人难得。』仇大姓道：『明日老夫央请一人为媒，是必完成小女亲事。』众人中有个老成的走出来，道：『我们少不得到县里动公举呈词，何不就把此事禀知知县相公，倒凭知县相公做个主，岂不妙哉！』众人齐道：『有理。』当下散了。大姓与妈妈、女儿说知此事，又说刘秀才许多好处，大家赞叹不题。

且说次日县令升堂，先是刘秀才进见，把大士显灵、众心喜舍造庙，及仇女守贞、感得神力诛邪等事，一一禀知已过，众人才拿连名呈词进见。县令批准建造，又自取库中公费银十两，开了疏头，用了印信，就中给与老成耆民收贮了讫。众人谢了，又把仇老女儿要招刘生报德的情禀出来。县令问仇老道：『此意如何？』仇老道：『女儿被妖摄去，固然感得大士显应，诛杀妖邪，若非刘生出力，梯攀至岭，妖邪虽死，女儿到底也是洞中枯骨了。今一家完聚，庆幸非浅。情愿将女儿嫁他，实系真心。不道刘秀才推托，故此公同禀知爷爷，望与老汉做一个主。』

县令便请刘秀才过来，问道：『适才仇某所言姻事，众口一词，此美事也，有何不可？』刘秀才道：『小生一时探奇穷异，实出无心，若是就了此亲，外人不晓得的，尽道是小生有所贪求而为此，反觉无颜。亦且方才对父母大人说仇氏女守贞好处，若为己妻，此等言语，皆是私心。小生读几行书，义气廉耻为重，所以不敢应承。』县令跌足道：『难得！难得！仇女守贞，刘生尚义，仇某不忘报，皆盛事也。本县幸而躬逢目击，可不完成其美？本县权做个主婚，贤友万不可推

托。』立命库上取银十两，以助聘礼。即令鼓乐送出县来，竟到仇家先行聘定了，拣个吉日，入赘仇家，成了亲事。

一月之后，双双到上天竺烧香，拜谢大士，就送还前日旛竿。过不多时，众人齐心协力，山岭庙也自成了。又去烧香点烛，自不消说。后来刘秀才得第，夫荣妻贵。仇大姓夫妻俱登上寿，同日念佛而终。此又后话。

又说会骸山石壁，自从诛邪之后，那《风》《花》《雪》《月》四词，却像那个刷洗过了一番的，毫无一字影迹。众人才悟前日老道便是老妖，不是个好人，踪迹方得明白。有诗为证：

巑岏石洞老光阴，只此幽栖致自深。
诛殛忽然烦大士，方知佛戒重邪淫。

第二十五回

赵司户千里遗音　苏小娟一诗正果

诗曰：

青楼原有掌书仙，未可全归露水缘。
多少风尘能自拔，淤泥本解出青莲。

这四句诗，头一句『掌书仙』，你道是甚么出处？列位听小子说来：唐朝时长安有一个倡女，姓曹名文姬，生四五岁，便好文字之戏。及到笄年，丰姿艳丽，俨然神仙中人。家人教以丝竹宫商，他笑道：『此贱事，岂吾所为？惟墨池笔家，使吾老于此间，足矣。』他出口落笔，吟诗作赋，清新俊雅。任是才人，见他钦伏。至于字法，上逼钟、王，下欺颜、柳，真是重出世的卫夫人。得其片纸只字者，重如拱璧，一时称他为『书仙』，他等闲也不肯轻与人写。长安中富贵之家，豪杰之士，辇输金帛，求聘他为偶的，不记其数。文姬对人道：『此辈岂我之偶？如欲偶吾者，必先投诗，吾当自择。』此言一传出去，不要说吟坛才子，争奇斗异，各献所长，人人自以为得『大将』，就是张打油、胡钉铰，也来做首把，撮个空。至于那强斯文，老脸皮，虽不成诗，叶韵而已的，也偏不识廉耻，诌他娘两句出丑一番。谁知投去的，好歹多选不中。这些人还指望出张续案，放遭告考，把一个长安的子弟，弄得如醉如狂的。文姬只是冷笑。最后有个岷江任生，客于长安，闻得此事，喜道：『吾得配矣。』旁人问之，他道：『凤栖梧，鱼跃渊，物有所归，岂妄想乎？』遂投一诗云：

玉皇殿上掌书仙，一染尘心谪九天。
莫悭浓香薰骨腻，霞衣曾惹御炉烟。

文姬看诗毕，大喜道：『此真吾夫也！不然，怎晓得我的来处？吾愿与之为妻。』即以此诗为聘定，留为夫妇。自此，春朝秋夕，夫妇相携，小酌微吟，此唱彼和，真如比翼之鸟，并头之花，欢爱不尽。

如此五年后，因三月终旬，正是九十日春光已满，夫妻二人设酒送春。对饮间，文姬忽取笔砚题诗云：

仙家无夏亦无秋，红日清风满翠楼。
况有碧霄归路稳，可能同驾五云虬？

题毕，把与任生看。任生不解其意，尚在沉吟，文姬笑道：『你向日投诗，已知吾来历，今日何反生疑？吾本天上司书仙人，偶以一念情爱，谪居人间二纪。今限已满，吾欲归，子可偕行。天上之乐，胜于人间多矣。』说罢，只闻得仙乐飘空，异香满室。家人惊异间，只见一个朱衣吏，持一玉版，朱书篆文，向文姬前稽首道：『李长吉新撰《白玉楼记》成，天帝召汝写碑。』文姬拜命毕，携了任生的手，举步腾空而去。云霞闪烁，鸾鹤缭绕，于时观者万计。以其所居地，为『书仙里』。这是『掌书仙』的故事，乃是倡家第一个好门面话柄。

看官，你道倡家这派起于何时？元来起于春秋时节。齐大夫管仲设女闾七百，征其合夜之钱，以为军需。传至于后，此风大盛。然不过是侍酒陪歌，追欢买笑，遣兴陶情，解闷破寂，实是少不得的，岂至遂为人害？争奈『酒不醉人人自醉，色不迷人人自迷』，才有欢爱之事，便有迷恋之人；才有迷恋之人，便有坑陷之局。做姊妹的，飞絮飘花，原无定主；做子弟的，失魂落魄，不惜余生。怎当得做鸨儿、龟子的，吮血磨牙，不管天理，又且转眼无情，回头是计。所以弄得人倾家荡产，败名失德，丧躯殒命，尽道这娼妓一家是陷人无底之坑，填雪不满之井了。总由子弟少年浮浪，没主意的多，有主意的少；娼家习

惯风尘，有圈套的多，没圈套的少。至于那雏儿们，一发随波逐浪，那晓得叶落归根？所以百十个姊妹里头，讨不出几个要立妇名、从良到底的。就是从了良，非男负女，即女负男，有结果的也少。却是人非木石，那鸨儿只以钱为事，愚弄子弟，是他本等，自不必说。那些做妓女的，也一样娘生父养，有情有窍，日陪欢笑，夜伴枕席，难道一些心也不动？一些情也没有？只合着鸨儿，做局骗人过日不成？这却不然。其中原有真心的，一意绸缪，生死不变；原有肯立志的，亟思超脱，时刻不忘。从古以来，不止一人。而今小子说一个妓女，为一情人相思而死，又周全所爱妹子，也得从良，与看官们听，见得妓女也有好的。有诗为证，诗云：

有心已解相思死，况复留心念连理。
似此多情世所稀，请君听我歌天水。
天水才华席上珍，苏娘相向转相亲。
一官各阻三年约，两地同归一日魂。
遗言弱妹曾相托，敢谓冥途忘旧诺？
爱推同气了良缘，赓歌一绝于飞乐。

话说宋朝钱塘有个名妓苏盼奴，与妹苏小娟，两人俱俊丽工诗，一时齐名。富豪子弟到临安者，无不愿识其面。真个车马盈门，络绎不绝。他两人没有嬷嬷，只是盼儿当门抵户，却是姊妹两个多自家为主的。自道品格胜人，不耐烦随波逐浪，虽在繁华绮丽所在，心中常怀不足。只愿得遇个知音之人，随他终身，方为了局的。姊妹两人意见相同，极是过得好。

盼奴心上有一个人，乃是皇家宗人，叫做赵不敏，是个太学生。元来宋时宗室自有本等禄食，本等职衔；若是情愿读书应举，就不在此例了。所以赵不敏有个房分兄弟赵不器，就自去做了个院判：惟有赵不敏自恃才高，务要登第，通籍在太学。他才思敏捷，人物风流；风流之中，又带些忠诚真实，所以盼奴与他相好。盼奴不见了他，饭也是吃不下的。赵太学是个书生，不会经管家务，家事日渐萧条，盼奴不但不嫌他贫，凡是他一应灯火酒食之资，还多是盼奴周给他，恐怕他因贫废学，常对他道：『妾看君决非庸下之人，妾也不甘久处风尘。但得君一举成名，提掇了妾身出去，相随终身，虽布素亦所甘心。切须专心读书，不可懈怠，又不可分心他务。衣食之需，只在妾的身上，管你不缺便了。』

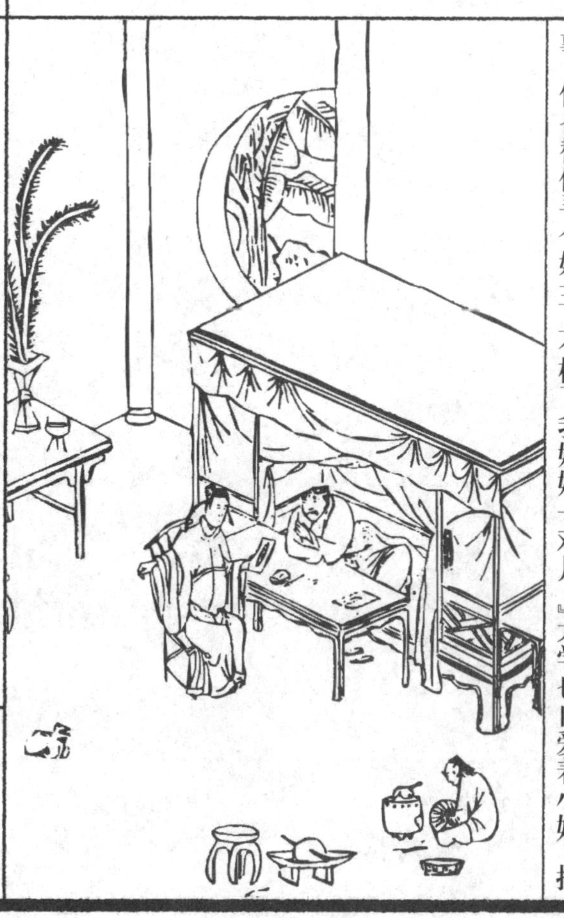

小娟见姐姐真心待赵太学，自也时常存一个拣人的念头，只是未曾有个中意的。盼奴体着小娟意思，也时常替他留心，对太学道：『我这妹子性格极好，终久也是良家的货。他日你若得成名，完了我的事，你也替他寻个好主，不枉了我姊妹一对儿。』太学也自爱着小娟，把

盼奴的话牢牢记在心里了。太学虽在盼奴家往来情厚，不曾破费一个钱，反得他资助读书，感激他情意，极力发愤。应过科试，果然高捷南宫。盼奴心中不胜欢喜，正是：

银缸斜背解鸣珰，小语低声唤玉郎。
从此不知兰麝贵，夜来新惹桂枝香。

太学榜下未授职，只在盼奴家里，两情愈浓，只要图个终身之事。却有一件：名妓要落籍，最是一件难事。官府恐怕缺了会承应的人，上司过往嗔怪，许多不便，十个倒有九个不肯。所以有的批从良牒上道：『幕《周南》之化，此意良可矜；空冀北之群，所请宜不允。』官司每每如此。不是得个极大的情分，或是撞个极帮衬的人，方肯周全。而今苏盼奴是个有名的能诗妓女，正要插趣，谁肯轻轻便放了他？前日与太学往来虽厚，太学既无钱财，也无力量，不曾替他营脱得乐籍。此时太学固然得第，盼奴还是个官身，却就娶他不得。

正在计较间，却选下官来了，除授了襄阳司户之职。初授官的人，碍了体面，怎好就与妓家讨分上脱籍？况就是自家要取的，一发要惹出议论来。欲待别寻婉转，争奈凭上日子有限，一时等不出个机会。没奈何，只得相约到了襄阳，差人再来营干。当下司户与盼奴两个抱头大哭，小娟在旁也陪了好些眼泪，当时作别了。盼奴自掩着泪眼归房，不题。

司户自此赴任襄阳，一路上鸟啼花落，触景伤情，只是想着盼奴。自道一到任所，便托能干之人进京做这件事。谁知到任事忙，匆匆过了几时，急切里没个得力心腹之人，可以相托。虽是寄了一两番信，又差了一两次人，多是不尴不尬，要能不勾的。也曾写书相托在京友人，替他脱籍了当，然后图谋接到任所。争奈路途既远，亦且寄信做事，所托之人，不过道是娼妓的事，有紧没要，谁肯知痛着热，替你十分认真做的？不过讨得封把书信儿，传来传去，动不动便是半年多。司户得一番信，只添得悲哭一番，当得些甚么？

如此三年，司户不遂其愿，成了相思之病。自古说得好：『心病还须心上医。』眼见得不是盼奴来，医药怎得见效？看看不起。只见门上传进来道：『外边有个赵院判，称是司户兄弟，在此候见。』司户闻得，忙叫『请进』。相见了，道：『兄弟，你便早些个来，你哥哥不见得如此！』院判道：『哥哥为何病得这等了？你要兄弟早来，便怎么？』司户道：『我在京时，有个教坊妓女苏盼奴，与我最厚。他资助我读书成名，得有今日。因为一时匆匆，不替他落得籍，同他到此不得。原约一到任所，差人进京图干此事，谁知所托去的，多不得力。我这里好不盼望，不甫能勾回个信来，定是东差西误的。三年以来，我心如火，事冷如冰，一气一个死。兄弟，你若早来几时，把这个事托你，替哥哥干去，此时盼奴也可来，你哥哥也不死。如今却已迟了！』言罢，泪如雨下。院判道：『哥哥且请宽心！哥哥千金之躯，还宜调养，望个好日。如何为此闲事，伤了性命？』司户道：『兄弟，你也是个中人，怎学别人说淡话？情上的事，各人心知，正是性命所关，岂是闲事！』说得痛切，又发昏上来。隔不多两日，恍惚见盼奴在眼前，愈加沉重，自知不起。呼院判到床前，嘱付道：『我与盼奴，不比寻常，真是生死交情。今日我为彼而死，死后也还不忘的。我三年以来，共有俸禄余资若干，你与我均匀，分作两分。一分是你收了，一分你替我送与盼奴去。盼奴知我既死，必为我守。他有妹小娟，俊雅能吟，盼奴曾托我替他寻人。我想兄弟风流才俊，能了小娟之事。你到京时，可将我言传与他家，他家必然喜纳。你若得了小娟，诚是佳配，不可错过了！一则完

了我的念头，一则接了我的瓜葛。此临终之托，千万记取！』院判涕泣领命，司户言毕而逝。院判勾当丧事了毕，带了灵柩归葬临安。一面收拾东西，竟望钱塘进发不题。

却说苏盼奴自从赵司户去后，足不出门，一客不见，只等襄阳来音。岂知来的信虽有两次，却不曾见干着了当的实事。他又是个女流，急得乱跳也无用，终日盼望，纳闷而已。一日，忽有个於潜商人，带着几箱官绢到钱塘来，闻着盼奴之名，定要一见。缠了几番，盼奴只是推病不见，以后果然病得重了，商人只认做推托，心怀愤恨。小娟虽是接待两番，晓得是个不在行的蠢物，也不把眼稍带着他。几番要砑在小娟处宿歇，小娟推道：『姐姐病重，晚间要相伴，伏侍汤药，留客不得。』毕竟缠不上，商人自到别家嫖宿去了。以后盼奴相思之极，恍恍惚惚。一日忽对小娟道：『妹子好住，我如今要去会赵郎了。』小娟只道他要出门，便道：『好不远的途程！你如此病体，怎好去得？可不是痴话么？』盼奴道：『不是痴话，相会只在霎时间了。』看看声丝气咽，连呼『赵郎』而死。小娟哭了一回，买棺盛贮，设个灵位，还望乘便捎信赵家去。只见门外两个公人，大剌剌的走将进来，说道府判衙里唤他姊妹，去对甚么官绢词讼。小娟不知事由，对公人道：『姊姊亡逝已过，见有棺柩灵位在此，我却随上下去回复就是。』免不得赔酒赔饭，又把使用钱送了公人，分付丫头看家，锁了房门，随着公人到了府前，才晓得於潜客人被同伙首发，将官绢费用宿娼，拿他到官。怀着旧恨，却把盼奴、小娟攀着。小娟好生负屈，只待当官分诉，带到时，府判正赶堂上公宴，没工夫审理。知是钱粮事务，喝令：『权且寄监！』可怜：

粉黛丛中艳质，囹圄队里愁形。
吉凶全然未保，青龙白虎同行。

不说小娟在牢中受苦，却说赵院判扶了兄柩，来到钱塘，安厝已了。奉着遗言，要去寻那苏家，却想道：『我又不曾认得他一个，突然走去，那里晓得真情？虽是吾兄为盼奴而死，知他盼奴心事如何？近日径如何？却便孟浪去打破了？』猛然想道：『此间府判，是我宗人，何不托他去唤他到官来，当堂问他明白，自见下落。』一直径到临安府来，与府判相见了，叙寒温毕，即将兄长亡逝已过，所托盼奴、小娟之事，说了一遍，要府判差人去唤他姊妹二人到来。府判道：『果然好两个妓女，小可着人去唤来，宗丈自与他说端的罢了。』随即差个祗候人拿根签去唤他姊妹。

祗候领命去了。须臾来回话道：『小人到苏家去，苏盼奴一月前已死，苏小娟现系府狱。』院判、府判俱惊道：『何事系狱？』祗候回答道：『他家里说为於潜客人诬攀官绢的事。』府判点头道：『此事在我案下。』院判道：『看亡兄分上，宗丈看顾他一分则个。』府判道：『宗丈且到敝衙一坐，小可叫来问个明白，自有区处。』院判道：『亡兄有书札与盼奴，谁知盼奴已死了，亡兄却又把小娟托在小可，要小可图他终身。却是小可未曾与他一面，不知他心下如何。而今小弟且把一封书打动他，做个媒儿，烦宗丈与小可婉转则个。』府判笑道：『这个当得，只是日后不要忘了媒人！』大家笑了一回，请院判到衙中坐了，自己升堂。

叫人狱中取出小娟来，问道：『於潜商人缺了官绢百匹，招道在你家花费，将何补偿？』小娟道：『亡姊盼奴在日，曾有个於潜客人来了两番。盼奴因病不曾留他，何曾受他官绢？今姊已亡故无证，所以客人落得诬攀。府判若赐周全开豁，非唯小娟感荷，盼奴泉下也得

蒙恩了。』府判见他出语宛顺，心下喜他，便问道：『你可认得襄阳赵司户么？』小娟道：『赵司户未第时，与姊盼奴交好，有婚姻之约，小娟故此相识。以后中了科第，做官去了，屡有书信，未完前愿。盼奴相思，得病而亡，已一月多了。』府判道：『可伤！可伤！你不晓得赵司户也去世了？』小娟见说，想着姊妹，不觉凄然掉下泪来道：『不敢拜问，不知此信何来？』府判道：『司户临死之时，不忘你家盼奴，遣人寄一封书，一罨礼物与他。此外又有司户兄弟赵院判，有一封书与你，你可自开看。』小娟道：『自来不认得院判是何人，如何有书？』府判道：『你只管拆开看，是甚话就知分晓。』

小娟领下书来，当堂拆开读着。元来不是什么书，却是一首七言绝句。诗云：

当时名妓镇东吴，不好黄金只好书。
借问钱塘苏小小，风流还似大苏无？

小娟读罢诗，想道：『此诗情意，甚是有情于我。若得他提挈，官事易解。但不知赵院判何等人品？看他诗句清俊，且是赵司户的兄弟，多应也是风流人物，多情种子。』心下踌躇，默然不语。府判见他沉吟，便道：『你何不依韵和他一首？』小娟对道：『从来不会做诗。』府判道：『说那里话？有名的苏家姊妹能诗，你如何推托？若不和诗，就要断赔官绢了。』小娟谦词道：『只好押韵献丑，请给纸笔。』府判叫取文房四宝与他，小娟心下道：『正好借此打动他官绢之事。』提起笔来，毫不思索，一挥而就，双手呈上府判。府判读之，诗云：

君住襄江妾在吴，无情人寄有情书。
当年若也来相访，还有於潜绢也无？

府判读罢，道：『既有风致，又带诙谐玩世的意思，如此女子，岂可使溷于风尘之中？』遂取司户所寄盼奴之物，尽数交与了他，就准他脱了乐籍。官绢着商人自还，小娟无干，释放宁家。小娟既得辨白了官绢一事，又领了若干物件，更兼脱了籍。自想姊妹如此烦难，自身却如此容易，感激无尽，流涕拜谢而去。

府判进衙，会了院判，把适才的说话与和韵的诗，对院判说了，道：『如此女子，真是罕有！小可体贴宗丈之意，不但免他偿绢，已把他脱籍了。』院判大喜，称谢万千，告辞了府判，竟到小娟家来。

小娟方才到得家里，见了姊妹灵位，感伤其事，把司户寄来的东西，一件件摆在灵位前，看过了，哭了一场，收拾了。只听得外面叩门响，叫丫头问明白了开门。丫头问：『是那个？』外边答道：『是适来寄书赵院判。』小娟听得『赵院判』三字，两步移做了一步，叫丫头急开门迎接。院判进了门，抬眼看那小娟时，但见：

脸际芙蓉掩映，眉间杨柳停匀。若教梦里去行云，管取襄王错认。
殊丽全由带韵，多情正在含颦。司空见惯也销魂，何况风流少俊？

说那院判一见了小娟，真个眼迷心荡，暗道：『吾兄所言佳配，诚不虚也！』小娟接入堂中，相见毕，院判笑道：『适来和得好诗。』小娟道：『若不是院判的大情分，妾身官事何由得解？况且乘此又得脱籍，真莫大之恩，杀身难报。』院判道：『自是佳作打动，故此府判十分垂情。况又有亡兄所嘱，非小可一人之力。』小娟垂泪道：『可惜令兄这样好人，与妾亡姊真个如胶似漆的。生生的阻隔两处，俱谢世去了。』院判道：『令姊是几时没有的？』小娟道：『方才一月前某日。』院判吃惊道：『家兄也是此日，可见两情不舍，同日归天，也是奇事！』小娟道：『怪道姊姊临死，口口说去会赵郎，他两个而今必定做一处

了。』院判道：『家兄也曾累次打发人进京，当初为何不脱籍，以致阻隔如此？』小娟道：『起初令兄未第，他与亡姊恩爱，已同夫妻一般。未及虑到此地，匆匆过了日子。及到中第，来不及了。虽然打发几次人来，只因姊姊名重，官府不肯放脱。这些人见略有些难处，丢了就走，那管你死活？白白里把两个人的性命误杀了。岂知今日妾身托赖着院判，脱籍如此容易！若是令兄未死，院判早到这里一年半年，连姊姊也超脱去了。』院判道：『前日家兄也如此说，可惜小可浪游薄宦，到家兄衙里迟了，故此无及。这都是他两人数定，不必题了。前日家兄说令姊曾把娟娘终身的事，托与家兄寻人，这话有的么？』小娟道：『不愿迎新送旧，我姊妹两人同心。故此姊姊以妾身托令兄寻人，实有此话的。』院判道：『亡兄临终把此言对小可说了，又说娟娘许多好处，撺掇小可来会令姊与娟娘，就与娟娘料理其事。故此不远千里，到此寻问。不想盼娘过世，娟娘被陷，而今幸得保全了出来，脱了乐籍，已不负亡兄与令姊了。但只是亡兄所言娟娘终身之事，不知小可当得起否？凭娟娘意下裁夺。』小娟道：『院判是贵人，又是恩人，只怕妾身风尘贱质，不敢仰攀。赖得令兄与亡姊一脉，亲上之亲，前日蒙赐佳篇，已知属意；若蒙不弃，敢辞箕帚？』

院判见说得入港，就把行李什物都搬到小娟家来。是夜即与小娟同宿。赵院判在行之人，况且一个念着亡兄，一个念着亡姊，两个只恨相见之晚，分外亲热。此时小娟既已脱籍，便可自由。他见院判风流蕴藉，一心待嫁他了。只是亡姊灵柩未殡，有此牵带，与院判商量。院判道：『小可也为扶亡兄灵柩至此，殡事未完。而今择个日子，将令姊之柩与亡兄合葬于先茔之侧，完他两人生前之愿，有何不可！』小娟道：『若得如此，亡魂俱称心快意了。』院判一面择日，如言殡葬已毕，就央府判做个主婚，将小娟娶到家里，成其夫妇。

是夜小娟梦见司户、盼奴如同平日，坐在一处，对小娟道：『你的终身有托，我两人死亦瞑目。又谢得你夫妻将我两人合葬，今得同栖一处，感恩非浅。我在冥中保佑你两人后福，以报成全之德。』言毕小娟惊醒，把梦中言语对院判说了。院判明日设祭，到司户坟上致奠。两人感念他生前相托，指引成就之意，俱各恸哭一番而回。此后院判同小娟花朝月夕，赓酬唱和，诗咏成帙。后来生二子，接了书香。小娟直与院判齐白而终。

看官，你道此一事，苏盼奴助了赵司户功名，又为司户而死，这是他自己多情，已不必说。又念着妹子终身之事，毕竟所托得人，成就了他从良。那小娟见赵院判出力救了他，他一心遂不改变，从他到了底。岂非多是好心的伎女？而今人自没主见，不识得人，乱迷乱撞，着了道儿，不要冤枉了这一家人，一概多似蛇蝎一般的，所以有编成《青泥莲花记》，单说的是好姊妹出处，请有情的自去看。有诗为证：

血躯总属有情伦，宁有章台独异人？
试看死生心似石，反令交道愧沉沦。

第二十六回

夺风情村妇捐躯　假天语幕僚断狱

诗云：

美色从来有杀机，况同释子讲于飞。
色中饿鬼真罗刹，血污游魂怎得归？

话说临安有一个举人姓郑，就在本处庆福寺读书。寺中有个西北房，叫做净云房。寺僧广明，做人俊爽风流，好与官员士子每往来。亦且衣钵充牣，家道从容，所以士人每喜与他交游。那郑举人在他寺中最久，与他甚是说得着，情意最密。凡是精致禅室，曲折幽居，广明尽引他游到。只有极深奥的所在一间小房，广明手自锁闭出入，等闲也不开进去，终日是关着的，也不曾有第二个人走得进。虽是郑举人如此相知，无有不到的所在，也不领他进去。郑举人也只道是僧家藏叠资财的去处，大家凑趣，不去窥觑他。

一日殿上撞得钟响，不知是什么大官府来到，广明正在这小房中，慌忙趋出山门外迎接去了。郑生独自闲步，偶然到此房前，只见门开在那里。郑生道：『这房从来锁着，不曾看见里面。今日为何却不锁？』一步步进房中来，却是地板铺的房，四下一看，不过是摆设得精致，别无甚奇怪珍秘，与人看不得的东西。郑生心下道：『这些出家人毕竟心性古撇，此房有何秘密，直得转手关门？』带眼看去，那小床帐钩上吊着一个紫檀的小木鱼，连槌系着，且是精致滑泽。郑生好戏子，除下来，手里捏了看看，有要没紧的，把小槌敲他两下。忽听得床后地板『铛』的一声铜铃响，一扇小地板推起，一个少年美貌妇人钻头出来。见了郑生，吃了一惊，缩了下去。郑生也吃了一惊，仔细看去，却是认得的中表亲戚某氏。元来那个地板做得巧，合缝处推开来，就当是扇门，关上了，原是地板。里头顶得上，外头开不进。只听木鱼为号，里头铃声相应，便出来了。里头是个地窖，别开窗牖，有暗巷地道，到灶下通饮食，就是神仙也不知道的。郑生看见了道：『怪道贼秃关门得紧，元来有此缘故。我却不该撞破了他，未必无祸。』心下慌张，急挂木鱼在原处了，疾忙走出来，劈面与广明撞着。

广明见房门失锁，已自心惊；又见郑生有些仓惶气质，面上颜色红紫，再眼瞟去，小木鱼还在帐钩上摆动未定，晓得事体露了。问郑生道：『适才何所见？』郑生道：『不见什么。』广明道：『便就房里坐坐何妨！』挽着郑生手进房，就把门闩了，床头掣出一把刀来道：『小僧虽与足下相厚，今日之事，势不两立。不可使吾事败，死在别人手里。只是足下自己悔气到了，错进此房，急急自裁，休得怨我！』郑生哭道：『我不幸自落火坑，晓得你们不肯舍我，我也逃不得死了。只是容我吃一大醉，你断我头去，庶几醉后无知，不觉痛苦。我与你往来多时，也须怜我。』广明也念平日相好的，说得可怜，只得依从，反锁郑生在里头了。带了刀走去厨下，取了一大锡壶酒来，就把大碗来灌郑生。郑生道：『寡酒难吃，须赐我盐菜少许。』广明又依他到厨下去取菜。

郑生寻思走脱无路，要寻一件物事暗算他，房中多是轻巧物件，并无砖石棍棒之类。见酒壶罍巨，便心生一计：扯下一幅衫子，急把壶口塞得紧紧的，连酒连壶，约有五六斤重了。一手提着，站在门背后。只见广明推门进来，郑生估着光头，把这壶尽着力一下打去。广明打得头昏眼暗，急伸手摸头时，郑生又是两三下，打着脑袋，扑的晕倒。郑生索性把酒壶在广明头上似砧杵槌衣一般，连打数十下，脑浆迸出而

初刻拍案惊奇

死，眼见得不活了。

郑生反锁僧尸在房了，走将出来，外边未有人知觉。忙到县官处说了，县官差了公人，又添差兵快，急到寺中，把这本房围住。打进房中，见一个僧人脑破血流，死于地下，搜不出妇女来。只见郑生嘻嘻笑道：『我有一法，包得就见。』伸手去帐钩上取了木鱼，敲得两下，果然一声铃响，地板顶将起来，一个妇女钻出。公人看见，发一声喊，抢住地板，那妇人缩进不迭。一伙公人打将进去，元来是一间地窖子，四围磨砖砌着，又有周围栅栏，一面开窗，对着石壁天井，乃是人迹不到之所。有五六个妇人在内，一个个领了出来，问其来历，多是乡村人家拐将来的。郑生的中表，乃是烧香求子被他灌醉了轿夫，溜了进去的。家里告了状，两个轿夫还在狱中。这个广明既有世情，又无踪迹，所以累他不着，谁知正在他处，县官把这一房僧众尽行屠戮了。

看官，你道这些僧家，受用了十方施主的东西，不忧吃，不忧穿，收拾了干净房室，精致被窝，眠在床里没事得做，只想得是这件事体。虽然有个把行童解馋，俗语道：『吃杀馒头当不得饭。』亦且这些妇女们，偏要在寺里来烧香拜佛，时常在他们眼前晃来晃去。看见了美貌的，叫他静夜里怎么不想？所以千方百计，弄出那奸淫事体来。只这般奸淫，已是罪不容诛了。况且不毒不秃，不秃不毒，转毒转秃，转秃转毒，为那色事上，专要性命相搏，杀人放火的，就是小子方才说这临安僧人，既与郑举人是相厚的，就被他看见了破绽，只消求告他，买嘱他，要他不泄漏罢了，何致就动了杀心，反丧了自己？这须是天理难容处，要见这些和尚狠得没道理的。而今再讲一个狠得诧异的，来与看官们听着。有诗为证：

奸杀本相寻，其中妒更深。
若非男色败，何以警邪淫？

话说四川成都府汉川县有一个庄农人家，姓井名庆。有妻杜氏，生得有些姿色，颇慕风情，嫌着丈夫粗蠢，不甚相投，每日寻是寻非的激聒。一日，也为有两句口角，走到娘家去，住了十来日。大家厮劝，气平了，仍旧转回夫家来。两家隔不上三里多路，杜氏长独自个来去惯了的。也是合当有事，正行之间，遇着大雨下来，身边并无雨具，又在荒野之中，没法躲避。远远听得铃声响，从小径里望去，有所寺院在那里。杜氏只得冒着雨，迂道走去避着，要等雨住再走。

那个寺院叫做太平禅寺，是个荒僻去处。寺中共有十来个僧人，门首一房，师徒三众。那一个老的，叫做大觉，是他掌家。一个后生的徒弟，叫做智圆，生得眉清目秀，风流可喜，是那老和尚心头的肉。又有一个小沙弥，叫做慧观，只有十一二岁。这个大觉年纪有五十七八了，却是极淫毒的心性，不异少年，夜夜搂着这智圆做一床睡了。两个说着妇人家滋味，好生动兴，就弄那话儿消遣一番，淫亵不可名状。是日师徒正在门首闲站，忽见个美貌妇人，走进来避雨，正似老鼠走到猫口边，怎不动火？老和尚看见了，丢眼色对智圆道：『观音菩萨进门了，好生迎接着。』智圆头颠尾颠，走上前来问杜氏道：『小娘子，敢是避雨的么？』杜氏道：『正是。路上逢雨，借这里避避则个。』智圆嘻着脸笑道：『这雨还有好一会下，这里没好坐处，站着不雅，请到小房坐了，奉杯清茶，等雨住了走路，何如？』那妇人家若是个正气的，由他自说，你只外边站站，等雨过了走路便罢。那僧房里好是轻易走得进的？谁知那杜氏是个爱风月的人，见小和尚生得青头白脸，语言聪俊，心里先有几分看上了。暗道：『总是雨大，在此闲站，便依他进去坐坐也不妨事。』就一步步随了进来。

那老和尚见妇人挪动了脚，连忙先走进去，开了卧房等候。小和尚陪了杜氏，你看我，我看你，同走了进门。到得里头坐下了，小沙弥掇了茶盘送茶。智圆拣个好磁碗，把袖子展一展，亲手来递与杜氏。杜氏连忙把手接了，看了智圆丰度，越觉得可爱，偷眼觑着，有些魂出了，把茶侧翻了一袖。智圆道：『小娘子茶泼湿了衣袖，到房里薰笼上烘烘。』杜氏见要他房里去，心里已瞧科了八九分，怎当得是要在里头的，并不推阻，反问他那个房里是。智圆领到师父房前，晓得师父在里头等着，要让师父，不敢抢先。见杜氏进了门里，指着薰笼道：『这个上边烘烘就是，有火在里头的。』却把身子倒退了出来。

杜氏见他不进来，心里不解，想道：『想是他未敢轻动手。』正待将袖子去薰笼上烘，只见床背后一个老和尚，托地跳出来，一把抱住。杜氏杀猪也似叫将起来。老和尚道：『这里无人，叫也没干。谁教你走到我房里来？』杜氏却待奔脱，外边小和尚凑趣，已把门拽上了。老和尚擒住了杜氏身子，将阳物隔着衣服只是乱送。杜氏虽推拒一番，不觉也有些兴动，问道：『适才小师父那里去了？却换了你？』老和尚道：『你动火我的徒弟么？这是我心爱的人儿，你作成我完了事，我叫他与你快活。』杜氏心里道：『我本看上他小和尚，谁知被这老厌物缠着。虽然如此，到这地位，料应脱不得手，不如先打发了他，他徒弟少不得有分的了。』只得勉强顺着。老和尚搂到床上，行起云雨来：

一个欲动情浓，仓忙唐突；一个心情意懒，勉强应承。一个相会有缘，吃了自来之食；一个偶逢无意，栽着无主之花。喉急的浑如那扇火的风箱，体懈的只当淂盛血的皮袋。虽然卤莽无些趣，也算依稀一度春。

那老和尚淫兴虽高，精力不济，起初搂抱推拒时，已此有好些流精滴出来，及至干事，不多一会就弄倒了。杜氏本等不耐烦的，又见他如此光景，未免有些不足之意。一头走起来系裙，一头怨怅道：『如此没用的老东西，也来厌世，死活缠人做甚么？』老和尚晓得扫了兴，自觉没趣，急叫徒弟把门开了。

门开处，智圆迎着问师父道：『意兴如何？』老和尚道：『好个知味的人，可惜今日本事不帮衬，弄得出了丑。』智圆道：『等我来助兴。』急跑进房，把门掩了，回身来抱着杜氏道：『我的亲亲，你被老头儿缠坏了。』杜氏道：『多是你哄我进房，却叫这厌物来摆布我！』智圆道：『他是我师父，没奈何，而今等我赔礼罢。』一把搂着，就要床上去。杜氏刚被老和尚一出完得，也觉没趣，拿个班道：『那里有这样没廉耻的？师徒两个，轮替缠人！』智圆道：『师父是冲头阵垫刀头的，我与娘子须是年貌相当，不可错过了姻缘！』扑的跪将下去。杜氏扶起道：『我怪你让那老物，先将人奚落，故如此说。其实我心上也爱你的。』智圆就势抱住，亲了个嘴，挽到床上，弄将起来。这却与先前的情趣大不相同：

一个身逢美色，犹如饿虎吞羊；一个心慕少年，好似渴龙淂水。庄家妇，性情淫荡，本白爱耍贪欢；空门人，手段高强，正是能征惯战。尒的尒，臬的臬，没一个肯将就伏输；注的注，来的来，都一般愿辛勤出力。虽然老和尚先开方便之门，争似小阇黎漫领菩提之水！

说这小和尚正是后生之年，阳道壮伟，精神旺相，亦且杜氏见他标致，你贪我爱，一直弄了一个多时辰，方才歇手。弄得杜氏心满意足，杜氏道：『一向闻得僧家好本事，若如方才老厌物，羞死人了。元来你如此着人，我今夜在此与你睡了罢。』智圆道：『多蒙小娘子不

弃，不知小娘子何等人家，可是住在此不妨的？』杜氏道：『奴家姓杜，在井家做媳妇，家里近在此间。只因前日与丈夫有两句说话，跑到娘家这几日，方才独自个回转家去。遇着雨走进来避，撞着你这冤家的。我家未知道我回，与娘家又不打照会，便私下住在此两日，无人知觉。』智圆道：『如此却侥幸，且图与娘子做个通宵之乐。只是师父要做一床。』杜氏道：『我不要这老厌物来。』智圆道：『一家是他做主，须却不得他，将就打发他罢了。』杜氏道：『羞人答答的，怎好三人在一块做事？』智圆道：『老和尚是个骚头，本事不济，南北齐来，或是你，或是我，做一遭不着，结识了他，他就没用了。我与你自在快活，不要管他。』

两人说得着，只管说了去，怎当得老和尚站在门外，听见床响了半日，已自恨着自己忒快，不曾插得十分趣，倒让他们恣意了，好些妒忌。等得不耐烦，再不出来，忍不住开房进去。只见两个紧紧搂抱，舌头还在口里，老和尚便有些怒意。暗想道：『方才待我怎肯如此亲热？』就不觉撚酸起来，嚷道：『得了些滋味，也该来商量个长便。青天白日，没廉没耻的，只顾关着门睡什么？』智圆见师父发话，笑道：『好教师父得知，这滋味长哩。』老和尚道：『怎见得？』智圆道：『那娘子今晚不去了。』老和尚放下笑脸道：『我们也不肯放他就去。』智圆道：『我们强主张不放，须防干系。而今是这娘子自家主意，说道：「可以住得的。」我们就放心得下了。』老和尚道：『这小娘子何宅？』智圆把方才杜氏的言语，述了一遍。

老和尚大喜，急整夜饭。摆在房中，三人共桌而食。杜氏不十分吃酒，老和尚劝他，只是推故。智圆斟来，却又吃了。坐间眉来眼去，与智圆甚是肉麻。老和尚硬挨光，说得句把风话，没着没落的，冷淡的当不得。老和尚也有些看得出，却如狗舐热煎盘，恋着不放。夜饭撤去，毕竟赖着三人一床睡了。

到得床里，杜氏与小和尚先自搂得紧紧的，不管那老和尚。老和尚刚是日里弄得过，意思便等他们弄一火看看，发了自己的兴再处。果然他两个击击格格弄将起来。极得老和尚在旁边，东呜一口，西砸一口，左勾一勾，右抱一抱，觉得有些兴动了，半硬起来，就要推开了小和尚，自家上场。那小和尚正在兴头上，那里肯放，杜氏又双手抱住，推不开来。小和尚叫道：『师父，我住不得手了，你十分高兴，倒在我背后做个天机自动罢。』老和尚道：『使不得，野味不吃吃家食？』咬咬掐掐，缠帐不住。小和尚只得爬了下来让他。杜氏心下好些不像意，那有好气待他。那老和尚是急坏了的，忍不住一泻如注。早已气喘声嘶，不济事了。杜氏冷笑道：『何苦呢！』老和尚羞惭无地，不敢则声，寂寂向了里床，让他两个再整旗枪，恣意交战。两人多是少年，无休无歇的，略略睡睡，又弄起来。老和尚只好咽唾，蛊毒魔魅的，做尽了无数的厌景。

天明了，杜氏起来梳洗罢，对智圆道：『我今日去休。』智圆道：『娘子昨日说多住几日不妨的，况且此地僻静，料无人知觉。我你方得欢会，正在好头上，怎舍得就去，说出这话来？』杜氏悄悄说道：『非是我舍得你去，只是吃老头子缠得苦，你若要我住在此，我须与你两个自做一床睡，离了他才使得。』智圆道：『师父怎么肯？』杜氏道：『若不肯时，我也不住在此。』智圆没奈何，只得走去对师父说道：『那杜娘子要去，怎么好？』老和尚道：『我看他和你好得紧，如何要去？』智圆道：『他须是良人家出身，有些羞耻，不肯三人同床，故此要去。依我愚见，不若等我另铺下一床，在对过房里，与他两

个同睡晚把，哄住了他，师父乘空便中取事。等他熟分了，然后团做一块不迟。不然逆了他性，他走了去，大家多没分了。』老和尚听说罢，想着夜间三人一床，枉动了许多火，讨了许多厌，不见快活；又恐怕他去了，连寡趣多没绰处，不如便等他们背后去做事，有时我要他房里来独享一夜也好，何苦在旁边惹厌？便对智圆道：『就依你所见也好，只要留得他住，毕竟大家有些滋味，况且你是我的心，替你好了，也是好的。』老和尚口里如此说，心里原有许多的醋意，只得且如此许了他，慢慢再看。智圆把铺房另睡的话，回了杜氏。杜氏千欢万喜，住下了，只等夜来欢乐。

到了晚间，老和尚叫智圆分付道：『今夜我养养精神，让你两个去快活一夜，须把好话哄住了他，明日却要让我。』智圆道：『这个自然，今夜若不是我伴住他，只如昨夜混搅，大家不爽利，留他不住的。等我团熟了他，牵与师父，包你像意。』老和尚道：『这才是知心着意的肉。』智圆自去与杜氏关了房门睡了。此夜自由自在，无拘无束，快活不尽。

却说那老和尚一时怕妇人去了，只得依了徒弟的言语。是夜独自个在房里，不但没有了妇人，反去了个徒弟，弄得孤眠独宿了，好些不像意。又且想着他两个此时快乐，一发睡不去了。倒枕捶床了一夜，次日起来，对智圆道：『你们好快活！撇得我清冷。』智圆道：『要他安心留住，只得如此。』老和尚道：『今夜须等我像心像意一夜。』

到得晚间，智圆不敢逆师父，劝杜氏到师父房中去。杜氏死也不肯，道：『我是替你说过了，方住在此的。如何又要我去陪这老厌物？』智圆道：『他须是吾主家的师父。』杜氏道：『我又不是你师父讨的，我怕他做甚！逼得我紧，我连夜走了家去。』智圆晓得他不肯去，对师父道：『他毕竟有些害羞，不肯来，师父你到他房里去罢。』老和尚依言，摸将进去，杜氏先自睡好了，只待等智圆来干事。不晓得是老和尚走来，跳上床去。杜氏只道是智圆，一把抱来亲个嘴，老和尚骨头都酥了，直等做起事来，杜氏才晓得不是了，骂道：『又是你这老厌物，只管缠我做甚么？』老和尚只指望讨他的好处，不想用力太猛，忍不住吁吁气喘将来。杜氏正略觉得有些兴动，只见已是收兵锣光景，把自家身子一歪，将他尽力一推，推下床来。那老和尚地上爬起来，心里道：『这婆娘如此狠毒！』恨恨地走了自房里去。智圆见师父已出来了，然后自己进去补空。杜氏正被和尚引起了兴头没收场的，却得智圆来，正好解渴。两个不及讲话，搂着就弄，好不热闹。只有老和尚到房中气还未平，想道：『我出来了，他们又自快活，且去听他一番。』走到房前，只听得山摇地动的，在床里淫戏。摩拳擦掌的道：『这婆娘直如此分厚薄？你便多少分些情趣与我，也图得大家受用。只如此让了你两个罢。明日拚得个大家没帐！』闷闷的自去睡了。

一觉睡到天明起来，觉得阳物茎中有些作痒，又有些梗痛，走去撒尿，点点滴滴的，元来昨夜被杜氏推落身子，阳精泻得不畅，弄做了个白浊之病。一发恨道：『受这歹婆娘这样累！』及至杜氏起来了，老和尚还厚着脸撩拨他几句。杜氏一句话也不来招揽，老大没趣。又见他与智圆交头接耳，嘻嘻哈哈，心怀忿毒。到得夜来，智圆对杜氏道：『省得老和尚又来歪厮缠，等我先去弄倒了他。』杜氏道：『你快去，我睡着等你。』智圆走到老和尚房中，装出平日的媚态，说道：『我两夜抛撇了师父，心里过意不去，今夜同你睡休。』老和尚道：『见放着雌儿在家里，却自寻家常饭吃！你好好去叫他来相伴我一夜。』智圆道：『我叫他不肯来，除非师父自去求他。』老和尚发恨道：『我今夜不怕他不

来！』一直的走到厨下，拿了一把厨刀走进杜氏房来道：『看他若再不知好歹，我结果了他。』

杜氏见智圆去了好一会，一定把师父安顿过。听得床前脚步响，只道他来了，口里叫道：『我的哥，快来关门罢！我只怕老厌物又来缠。』老和尚听得明白，真个怒从心上起，恶向胆边生，厉声道：『老厌物今夜偏要你去睡一觉！』就把一只手去床上拖他下来。杜氏见他来的狠，便道：『怎的如此用强？我偏不随你去！』吊住床楞，恨命挣住。老和尚力拖不休。杜氏喊道：『杀了我，我也不去！』老和尚大怒道：『真个不去，吃我一刀，大家没得弄！』按住脖子一勒，老和尚是性发的人，使得力重，果把咽喉勒断。杜氏跳得两跳，已此呜呼了。

智圆自师父出了房门，且眠在床里等师父消息。只听得对过房里叫喊罢，就劈扑的响，心里疑心。跑出看时，正撞着老和尚拿了把刀房里出来，看见智圆，便道：『那鸟婆娘可恨！我已杀了。』智圆吃了一惊道：『师父当真做出来？』老和尚道：『不当真？只让你快活！』智圆移个火，进房一看，只叫得苦道：『师父直如此下得手！』老和尚道：『那鸟婆娘嫌我，我一时性发了。你不要怪我，而今事已如此，不必迟疑，且并叠过了。明日另弄个好的来与你快活便是。』智圆苦在肚里，说不出，只得随了老和尚拿着锹镢，背到后园中埋下了。智圆暗地垂泪道：『早知这等，便放他回去了也罢，直恁地害了他性命！』老和尚又怕智圆烦恼，越越的撺哄他欢喜，瞒得水泄不通。只有小沙弥怪道不见了这妇人，却是娃子家不来跟究，以此无人知道，不题。

却说杜氏家里，见女儿回去了两三日，不知与丈夫和睦未曾？叫个人去望望。那井家正叫人来杜家接着，两下里都问个空。井家又道：『杜家因夫妻不睦，将来别嫁了。』杜家又道：『井家夫妻不睦，定然暗算了。』两边你赖我，我赖你，争个不清。各写一状，告到县里。

县里此时缺大尹，却是一个都司断事在那里署印。这个断事，姓林名大合，是个福建人，虽然太学出身，却是吏才敏捷，见事精明，提取两家人犯审问。那井庆道：『小的妻子向来与小的争竞口舌，别气归家的。丈人欺心，藏过了，不肯还了小的，须有王法。』杜老道：『专为他夫妻两个不和，归家几日。三日前老夫妻已相劝他气平了，打发他到夫家去。又不知怎地相争，将来磨灭死了，反来相赖。望青天做主。』言罢，泪如雨下。林断事看那井庆是个扑野之人，不像恶人，便问道：『儿女夫妻为什么不和？』井庆道：『别无甚差池，只是平日嫌小的粗卤，不是他对头，所以寻非闹吵。』断事问道：『你妻子生得如何？』井庆道：『也有几分颜色的。』断事点头，叫杜老问道：『你女儿心嫌错了配头，鄙薄其夫。你父母之情，未免护短，敢是赖着，另要嫁人，这样事也有。』杜老道：『小的家里与女婿家，差不多路，早晚婚嫁之事，瞒得那个？难道小的藏了女儿，舍得私下断送在他乡外府，再不往来不成？是必有个人家，人人晓得。这样事怎么做得？小的藏他何干？自然是他家摆布死了，所以无影无踪。』林断事想了一回道：『都不是这般说，必是一边归来，两不照会，遇不着好人，中途差池了。且各召保，听候缉访。』遂出了一纸广缉的牌，分付公人，四下探访。过了多时，不见影响。

却说那县里有一门子，姓俞，年方弱冠，姿容娇媚，心性聪明。元来这家男风，是福建人的性命，林断事喜欢他，自不必说。这门子未免恃着爱宠，做件把不法之事。一日当堂犯了出来，林断事虽然爱护他，公道上却去不得。便思量一个计较周全他，等他好将功折罪。密叫他到衙中，分付道：『你罪本当革役，我若轻恕了你，须被衙门中谈

议。我而今只得把你革了名，贴出墙上，塞了众人之口。』门子见说要革他名字，叩头不已，情愿领责。断事道：『不是这话，我有周全之处。那井、杜两家不见妇人的事，其间必有缘故。你只做得罪于我，逃出去，替我密访。只在两家相去的中间路里，不分乡村市井，道院僧房，俱要走到，必有下落。你若访得出来，我不但许你复役，且有重赏。那时别人就议论我不得了。』

门子不得已领命而去。果然东奔西撞，无处不去探听。他是个小断家，就到人家去处，绰着嘴闲话，带着眼瞧科，人都不十分疑心的。却不见甚么消息。一日有一伙闲汉，聚坐闲谈，门子挨去听着。内中一个抬眼看见了，魆魆对众人道：『好个小官儿！』又一个道：『这里太平寺中有个小和尚，还标致得紧哩。可恨那老和尚，又骚又吃醋，极不长进。』门子听得，只做不知，洋洋的走了开来。想道：『怎么样的一个小和尚，这等赞他？我便去寻他看看，有何不可？』元来门子是行中之人，风月心性。见说小和尚标致，心里就有些动兴，问着太平寺的路走来。进得山门，看见一个僧房门槛上坐着一个小和尚，果然清秀异常。心里道：『这个想是了。』那小和尚见个美貌小厮来到，也就起心，立起身来迎接道：『小哥何来？』门子道：『闲着进寺来玩耍。』小和尚殷勤请进奉茶，门子也贪着小和尚标致，欢欢喜喜随了进去。老和尚在里头看见徒弟引得个小伙子进来，道：『是个道地货来了。』笑逐颜开，来问他姓名居址。门子道：『我原是衙中门官，为了些事逐了出来。今无处栖身，故此游来游去。』老和尚见说大喜，说道：『小房尽可住得，便宽留几日不妨。』便同徒弟留茶留酒，着意殷勤。老僧趁着两杯酒兴，便溜他进房。褪下裤儿，行了一度。门子是个惯家，就是老僧也承受了。不比那庄家妇女，见人不多，嫌好道歉的，老和尚喜之不胜。看官听说：元来是本事不济的，专好男风。你道为甚么？男风勉强做事，图个完事罢了，所以好打发。不像妇女，彼此兴高，若不满意，半途而废，没些收场，要发起极来的。故此支吾不过，不如男风自得其乐。这番老和尚算是得趣的了。事毕，智圆来对师父说：『这小哥是我引进来的，到让你得了先头，晚间须与我同榻。』老和尚笑道：『应得，应得。』那门子也要在里头的，晚间果与智圆宿了。有诗为证：

少年彼此不相饶，我后伊先递自熬。
虽是智圆先到手，劝酬毕竟也还遭。

说这两个都是美少，各干一遭已毕，搂抱而睡。第二日，老和尚只管来绰趣，又要缠他到房里干事。智圆经过了前边的毒，这番倒有些吃醋起来道：『天理人心，这个小哥该让与我，不该又来抢我的。』老和尚道：『怎见得？』智圆道：『你终日把我泄火，我须没讨还伴处，忍得不好过。前日这个头脑，正有些好处，又被你乱吵，弄断绝了。而今我引得这小哥来，明该让我与他乐乐，不为过分。』老和尚见他说得倔强，心下好些着恼，又不敢冲撞他，嘴骨都的，彼此不快活。那门子是有心的，晚间觉得高兴时，问智圆道：『你日间说前日甚么头脑，弄断绝了？』智圆正在乐头上，不觉说道：『前日有个邻居妇女，被我们留住，大家耍耍罢了。且是弄得兴头，不匡老无知，见他与我相好，只管吃醋撚酸，搅得没收场。至今想来可惜。』门子道：『而今这妇女那里去了？何不再寻将他来走走？』智圆叹口气道：『还再那里寻去？』门子见说得有些缘故，还要探他备细。智圆却再不把以后的话漏出来，门子没计奈何。

明日见小沙弥在没人处，轻轻问他道：『你这门中前日有个妇女来？』小沙弥道：『有一个。』门子道：『在此几日？』小沙弥

道：『不多几日。』门子道：『而今那里去了？』小沙弥道：『不曾那里去，便是这样一夜不见了。』门子道：『在这里这几日，做些甚么？』小沙弥道：『不晓得做些什么。只见老师父与小师父，搅来搅去了两夜，后来不见了。两个常自激激聒聒的一番，我也不知一个清头。』门子虽不曾问得根由，却想得是这件来历了。只做无心的走来，对他师徒二人道：『我在此两日了，今日外边去走走再来。』老和尚道：『是必再来，不要便自去了。』智圆调个眼色，笑嘻嘻的道：『他自不去的，掉得你下，须掉我不下？』门子也与智圆调个眼色道：『我就来的。』

门子出得寺门，一径的来见林公，把智圆与小沙弥话，备细述了一遍。林公点头道：『是了，是了。只是这样看起来，那妇人必死于恶僧之手了。不然，三日之后既不见在寺中了，怎不到他家里来？却又到那里去？以致争讼半年，尚无影踪。』分付门子不要把言语说开了。

明日起早，率了随从人等，打轿竟至寺中。分付头踏先来报道：『林爷做了甚么梦，要来寺中烧香。』寺中纠了合寺众僧，都来迎接。林公下轿，拜神焚香已毕。住持送过茶了，众僧正分立两旁。只见林公走下殿阶来，仰面对天看着，却像听甚说话的。看了一回，忽对着空中打个躬道：『臣晓得这事了。』再仰面上去，又打一躬道：『臣晓得这个人了。』急走进殿上来，喝一声：『皂隶那里？快与我拿杀人贼！』众皂隶吆喝一声，答应了。林公偷眼看来，众僧虽然有些惊异，却只恭敬端立，不见慌张。其中独有一个半老的，面如土色，牙关寒战。林公把手指定，叫皂隶捆将起来，对众僧道：『你们见么？上天对我说道：「杀井家妇人杜氏的，是这个大觉。」快从实招来！』众僧都不知详悉，却疑道：『这老爷不曾到寺中来，如何晓得他叫大觉？分明是上天说话是真了。』却不晓得尽是门子先问明了去报的。

那老和尚出于突然，不曾打点，又道是上天显应，先吓软了，那里还遮饰得来？只得叩头，说不出一句。林公叫取夹棍夹起，果然招出前情：是长是短，为与智圆同好，争风致杀。林公又把智圆夹起，那小和尚柔脆，一发禁不得，套上未收，满口招承：『是师父杀的，尸现埋后园里。』林公叫皂隶押了二僧到园中，掘下去，果然一个妇人，项下勒断，血迹满身。林公喝叫带了二僧到县里来，取了供案。大觉因奸杀人，问成死罪。智圆同奸不首，问徒三年，满日还俗当差。随唤井、杜两家进来，认尸领埋，方才两家疑事得解。

林公重赏了俞门子，准其复役，合县颂林公神明，恨和尚淫恶。后来上司详允，秋后处决了，人人称快。都传说林公精明，能通天上，辨出无头公案，至今蜀中以为美谈，有诗为证：

庄家妇拣汉太分明，色中鬼争风忒没情。
舍得去后庭俞门子，装得来鬼脸林县君。

第二十七回

顾阿秀喜舍檀那物　崔俊臣巧会芙蓉屏

诗曰：

夫妻本是同林鸟，大限来时各自飞。
若是遗珠还合浦，却教拂拭更生辉。

话说宋朝汴梁有个王从事，同了夫人到临安调官，赁一民房。居住数日，嫌他窄小不便。王公自到大街坊上寻得一所宅子，宽敞洁净，甚是像意，当把房钱赁下了。归来与夫人说：『房子甚是好住，我明日先搬东西去了，临完，我雇轿来接你。』次日并叠箱笼，结束齐备，王公押了行李先去收拾。临出门，又对夫人道：『我先去，你在此等等，轿到便来就是。』王公分付罢，到新居安顿了，就叫一乘轿到旧寓接夫人。轿已去久，竟不见到。王公等得心焦，重到旧寓来问。旧寓人道：『官人去不多时，就有一乘轿来接夫人，夫人已上轿去了。后边又是一乘轿来接，我问他：「夫人已有轿去了。」那两个就打了空轿回去，怎么还未到？』王公大惊，转到新寓来看，只见两个轿夫来讨钱道：『我等打轿去接夫人，夫人已先来了。我等虽不抬得，却要赁轿钱与脚步钱。』王公道：『我叫的是你们的轿，如何又有甚人的轿先去接着？而今竟不知抬向那里去了？』轿夫道：『这个我们却不知道。』王公将就拿几十钱打发了去，心下好生无主，暴躁如雷，没个出豁处。

次日到临安府进了状，拿得旧主人来，只如昨说，并无异词。问他邻舍，多见是上轿去的。又拿后边两个轿夫来问，说道：『只打得空轿往回一番，地方街上人多看见的，并不知余情。』临安府也没奈何，只得行个缉捕文书，访拿先前的两个轿夫。却又不知姓名住址，有影无踪，海中捞月，眼见得一个夫人送在别处去了。王公凄凄惶惶，苦痛不已。自此失了夫人，也不再娶。

五年之后，选了衢州教授。衢州首县是西安县附郭的，那县宰与王教授时相往来。县宰请王教授衙中饮酒，吃到中间，嘎饭中拿出鳖来。王教授吃了两箸，便停了箸，哽哽咽咽眼泪如珠，落将下来。县宰惊问缘故。王教授道：『此味颇似亡妻所烹调，故此伤感。』县宰道：『尊阃夫人几时亡故？』王教授道：『索性亡故，也是天命。只因在临安移寓，相约命轿相接，不知是甚奸人，先把轿来骗，拙妻错认是家里轿，上的去了。当时告了状，至今未有下落。』县宰色变了道：『小弟的小妾，正是在临安用三十万钱娶的外方人。适才叫他治庖，这鳖是他烹煮的。其中有些怪异了。』登时起身，进来问妾道：『你是外方人，如何却在临安嫁得在此？』妾垂泪道：『妾身自有丈夫，被好人赚来卖了，恐怕出丈夫的丑，故此不敢声言。』县宰问道：『丈夫何姓？』妾道：『姓王名某，是临安听调的从事官。』县宰大惊失色，走出对王教授道：『略请先生移步到里边，有一个人要奉见。』王教授随了进去。县宰声唤处，只见一个妇人走将出来。教授一认，正是失去的夫人。两下抱头大哭。王教授问道：『你何得在此？』夫人道：『你那夜晚间说话时，民居浅陋，想当夜就有人听得把轿相接的说话。只见你去不多时，就有轿来接。我只道是你差来的，即便收拾上轿去。却不知把我抬到一个甚么去处，乃是一个空房。有三两个妇女在内，一同锁闭了一夜。明日把我卖在官船上了。明知被赚，我恐怕你是调官的人，说出真情，添你羞耻，只得含羞忍耐，直至今日。不期在此相会。』那县官好生过意不去，传出外厢，忙唤值日轿夫将夫人送到王教授衙里。王教授要赔还三十万原身钱，县宰道：『以同官之

妻为妾，不曾察听得备细。怨不罪责，勾了。还敢说原钱耶？』教授称谢而归，夫妻欢会，感激县宰不尽。

元来临安的光棍，欺王公远方人，是夜听得了说话，即起谋心，拐他卖到官船上。又是到任去的，他州外府，道是再无有撞着的事了。谁知恰恰选在衢州，以致夫妻两个失散了五年，重得在他方相会。也是天缘未断，故得如此。却有一件：破镜重圆，离而复合，因是好事，这美中有不足处：那王夫人虽是所遭不幸，却与人为妾，已失了身，又不曾查得奸人跟脚出，报得冤仇。不如《崔俊臣芙蓉屏》故事，又全了节操，又报了冤仇，又重会了夫妻。这个话本好听。看官，容小子慢慢敷演，先听《芙蓉屏歌》一篇，略见大意。歌云：

画芙蓉，妾忍题屏风，屏间血泪如花红。败叶枯梢两萧索，断缣遗墨俱零落。去水奔流隔死生，孤身只影成漂泊。成漂泊，残骸向谁托？泉下游魂竟不归，图中艳姿浑似昨。浑似昨，妾心伤，那禁秋雨复秋霜！宁肯江湖逐舟子，甘从宝地礼医王。医王本慈悯，慈悯超群品。逝魄愿提撕，茕嫠赖将引。芙蓉颜色娇，夫婿手亲描。花萎因折蒂，干死为伤苗。蕊干心尚苦，根朽恨难消！但道章台泣韩翃，岂期甲帐遇文箫？芙蓉良有意，芙蓉不可弃。幸得宝月再团圆，相亲相爱莫相捐！谁能听我芙蓉篇？人间夫妇休反目，看此芙蓉真可怜！

这篇歌，是元朝至正年间真州才士陆仲旸所作。你道他为何作此歌？只因当时本州有个官人，姓崔名英，字俊臣，家道富厚，自幼聪明，写字作画，工绝一时。娶妻王氏，少年美貌，读书识字，写染皆通。夫妻两个真是才子佳人，一双两好，无不厮称，恩爱异常。是年辛卯，俊臣以父荫得官，补浙江温州永嘉县尉，同妻赴任。就在真州闸边，有一只苏州大船，惯走杭州路的，船家姓顾。赁定了，下了行李，带了家奴使婢，由长江一路进发，包送到杭州交卸。行到苏州地方，船家道：『告官人得知，来此已是家门首了。求官人赏赐些，并买些福物纸钱，赛赛江湖之神。』俊臣依言，拿出些钱钞，教如法置办。完事毕，船家送一桌牲酒到舱里来。俊臣叫家僮接了，摆在桌上同王氏暖酒少酌。俊臣是宦家子弟，不懂得江湖上的禁忌。吃酒高兴，把箱中带来的金银杯觥之类，拿出与王氏欢酌。却被船家后舱头张见了，就起不良之心。

此时七月天气，船家对官舱里道：『官人，娘子在此闹处歇船，恐怕热闷。我们移船到清凉些的所在泊去，何如？』俊臣对王氏道：『我们船中闷躁得不耐烦，如此最好。』王氏道：『不知晚间谨慎否？』俊臣道：『此处须是内地，不比外江。况船家是此间人，必知利害，何妨得呢？』就依船家之言，凭他移船。那苏州左近太湖，有的是大河大洋。官塘路上，还有不测；若是傍港中去，多是贼的家里。俊臣是江北人，只晓得扬子江有强盗，道是内地港道小了，境界不同，岂知这些就里？是夜船家直把船放到芦苇之中，泊定了。黄昏左侧，提了刀，竟奔舱里来，先把一个家人杀了。俊臣夫妻见不是头，磕头讨饶道：『是有的东西，都拿了去，只求饶命！』船家道：『东西也要，命也要。』两个只是磕头。船家把刀指着王氏道：『你不必慌，我不杀你，其余都饶不得。』俊臣自知不免，再三哀求道：『可怜我是个书生，只教我全尸而死罢。』船家道：『这等饶你一刀，快跳在水中去！』也不等俊臣从容，提着腰胯，扑通的撺下水去。其余家僮、使女尽行杀尽，只留得王氏一个。对王氏道：『你晓得免死的缘故么？我第二个儿子，未曾娶得媳妇，今替人撑船到杭州去了。再是一两个月，才得归来，就与你成亲。你是吾一家人了，你只安心住着，自有好处，不要惊怕。』一头说，一头就把船中所有，尽检点收拾过了。

王氏起初怕他来相逼，也拚一死。听见他说了这些话，心中略放宽些道：『且到日后再处。』果然此船家只叫王氏做媳妇，王氏假意也就应承。凡是船家教他做些什么，他千依百顺，替他收拾零碎，料理事务，真像个掌家的媳妇伏侍公公一般，无不任在身上，是件停当。船家道是寻得个好媳妇，真心相待，看看熟分，并不提防他有外心了。如此一月有余，乃是八月十五日中秋节令。船家会聚了合船亲属、水手人等，叫王氏治办酒肴，盛设在舱中饮酒看月。个个吃得酩酊大醉，东倒西歪，船家也在船里宿了。王氏自在船尾，听得鼾睡之声彻耳，于时月光明亮如昼，仔细看看舱里，没有一个不睡沉了。王氏想道：『此时不走，更待何时？』喜得船尾贴岸泊着，略摆动一些些，就好上岸。王氏轻身跳了起来，趁着月色，一气走了二三里路。走到一个去处，比旧路绝然不同。四望尽是水乡，只有芦苇、菰蒲，一望无际。仔细认去，芦苇中间有一条小小路径，草深泥滑，且又双弯纤细，鞋弓袜小，一步一跌，吃了万千苦楚。又恐怕后边追来，不敢停脚，尽力奔走。

渐渐东方亮了，略略胆大了些。遥望林木之中，有屋宇露出来。王氏道：『好了，有人家了。』急急走去，到得面前，抬头一看，却是一个庵院的模样，门还关着。王氏欲待叩门，心里想道：『这里头不知是男僧女僧，万一敲开门来，是男僧，撞着不学好的，非礼相犯，不是才脱天罗，又罹地网？且不可造次。总是天已大明，就是船上有人追着，此处有了地方，可以叫喊求救，须不怕他了。只在门首坐坐，等他开出来的是。』须臾之间，只听得里头托的门栓响处，开将出来，乃是一个女僮，出门担水。王氏心中喜道：『元来是个尼庵。』一径的走将进去。院主出来见了，问道：『女娘是何处来的？大清早到小院中。』王氏对蓦生人，未知好歹，不敢把真话说出来，哄他道：『妾是真州人，乃是永嘉崔县尉次妻。大娘子凶悍异常，万般打骂。近日家主离任归家，泊舟在此。昨夜中秋赏月，叫妾取金杯饮酒，不料偶然失手，落到河里去了。大娘子大怒，发愿必要置妾死地。妾自想料无活理，乘他睡熟，逃出至此。』院主道：『如此说来，娘子不敢归舟去了。家乡又远，若要别求匹偶，一时也未有其人。孤苦一身，何处安顿是好？』王氏只是哭泣不止。

院主见他举止端重，情状凄惨，好生慈悯，有心要收留他。便道：『老尼有一言相劝，未知尊意若何？』王氏道：『妾身患难之中，若是师父有甚么处法，妾身敢不依随？』院主道：『此间小院，僻在荒滨，人迹不到，茭葑为邻，鸥鹭为友，最是个幽静之处。幸得一二同伴，都是五十以上之人。侍者几个，又皆淳谨。老身在此住迹，甚觉清修味长。娘子虽然年芳貌美，争奈命蹇时乖，何不舍离爱欲，披缁削发，就此出家？禅榻佛灯，晨飧暮粥，且随缘度其日月，岂不强如做人婢妾，受今世的苦恼，结来世的冤家么？』王氏听说罢，拜谢道：『师父若肯收留做弟子，便是妾身的有结果了。还要怎的？就请师父替弟子落了发，不必迟疑。』果然院主装起香，敲起磬来，拜了佛，就替他落了发：

可怜县尉孺人，忽作如来弟子。

落发后，院主起个法名，叫做慧圆，参拜了三宝。就拜院主做了师父，与同伴都相见已毕，从此在尼院中住下了。王氏是大家出身，性地聪明，一月之内，把经典之类，一一历过，尽皆通晓。院主大相敬重，又见他知识事体，凡院中大小事务，悉凭他主张。不同过他，一件

事也不敢轻做。且是宽和柔善，一院中的人没一个不替他相好，说得来的。每日早晨，在白衣大士前礼拜百来拜，密诉心事。任是大寒大暑，再不间断。拜完，只在自己静室中清坐。自怕貌美，惹出事来，再不轻易露形，外人也难得见他面的。

如是一年有余。忽一日，有两个人到院随喜，乃是院主认识的近地施主，留他吃了些斋。这两个人是偶然闲步来的，身边不曾带得甚么东西来回答。明日将一幅纸画的芙蓉来，施在院中张挂，以答谢昨日之斋。院主受了，便把来裱在一格素屏上面。王氏见了，仔细认了一认，问院主道：『此幅画是那里来的？』院主道：『方才檀越布施的。』王氏道：『这檀越是何姓名？住居何处？』院士道：『就是同县顾阿秀兄弟两个。』王氏道：『做甚么生理的？』院主道：『他两个原是个船户，在江湖上赁载营生。近年忽然家事从容了，有人道他劫掠了客商，以致如此。未知真否如何。』王氏道：『长到这里来的么？』院主道：『偶然来来，也不长到。』

王氏问得明白，记了顾阿秀的姓名，就提笔来写一首词在屏上。词云：

少日风流张敞笔，写生不数今黄筌。芙蓉画出最鲜妍。岂知娇艳色，翻抱死生缘？粉绘凄凉余幻质，只今流落有谁怜？素屏寂寞伴枯禅。今生缘已断，愿结再生缘！——右调《临江仙》。

院中之尼，虽是识得经典上的字，文义不十分精通。看见此词，只道是王氏卖弄才情，偶然题咏，不晓中间缘故。谁知这画来历，却是崔县尉自己手笔画的，也是船中劫去之物。王氏看见物在人亡，心内暗暗伤悲。又晓得强盗踪迹，已有影响，只可惜是个女身，又已做了出家人，一时无处申理。忍在心中，再看机会。

却是冤仇当雪，姻缘未断，自然生出事体来。姑苏城里有一个人，名唤郭庆春，家道殷富，最肯结识官员士夫。心中喜好的是文房清玩。一日游到院中来，见了这幅芙蓉画得好，又见上有题咏，字法俊逸可观，心里喜欢不胜。问院主要买，院主与王氏商量，王氏自忖道：『此是丈夫遗迹，本不忍舍；却有我的题词在上，中含冤仇意思在里面，遇着有心人玩着词句，究问根由，未必不查出踪迹来。若只留在院中，有何益处？』就叫师父：『卖与他罢。』庆春买得，千欢万喜去了。

其时有个御史大夫高公，名纳麟，退居姑苏，最喜欢书画。郭庆春想要奉承他，故此出价钱买了这幅纸屏去献与他。高公看见画得精致，收了他的，忙忙里也未看着题词，也不查着款字，交与书僮，分付且张在内书房中，送庆春出门来别了。只见外面一个人，手里拿着草书四幅，插个标儿要卖。高公心性既爱这行物事，眼里看见，就不肯便放过了，叫取过来看。那人双手捧递，高公接上手一看：

字格类怀素，清劲不染俗。若列法书中，可载《金石录》。

高公看毕，道：『字法颇佳，是谁所写？』那人答道：『是某自己学写的。』高公抬起头来看他，只见一表非俗，不觉失惊。问道：『你姓甚名谁？何处人氏？』那个人掉下泪来道：『某姓崔名英，字俊臣，世居真州。以父荫补永幕县尉，带了家眷同往赴任，自不小心，为船人所算，将英沉于水中。家财妻小，都不知怎么样了？幸得生长江边，幼时学得泅水之法，伏在水底下多时，量他去得远了，然后爬上岸来，投一民家。浑身沾湿，并无一钱在身。赖得这家主人良善，将干衣出来换了，待了酒饭，过了一夜。明日又赠盘缠少许，打发道：『既遭盗劫，理合告官。恐怕连累，不敢奉留。』英便问路进城，陈告在平江路案下了。只为无钱使用，缉捕人役不十分上紧。今听候一年，杳无消耗。无计可奈，只得写两幅字卖来度日。乃是不得已之计，非敢自道善书，不意恶札，上达钧览。』

高公见他说罢，晓得是衣冠中人，遭盗流落，深相怜悯。又见他字法精好，仪度雍容，便有心看顾他。对他道：『足下既然如此，目下只索付之无奈，且留吾西塾，教我诸孙写字，再作道理。意下如何？』崔俊臣欣然道：『患难之中，无门可投。得明公提携，万千之幸！』高公大喜，延入内书房中，即治酒相待。正欢饮间，忽然抬起头来，恰好前日所受芙蓉屏，正张在那里。俊臣一眼睃去见了，不觉泫然垂泪。高公惊问道：『足下见此芙蓉，何故伤心？』俊臣道：『不敢欺明公，此画亦是舟中所失物件之一，即是英自己手笔。只不知何得在此。』站起身来再看看，只见有一词。俊臣读罢，又叹息道：『一发古怪！此词又即是英妻王氏所作。』高公道：『怎么晓得？』俊臣道：『那笔迹从来认得，且词中意思有在，真是拙妻所作无疑。但此词是遭变后所题，拙妇想是未曾伤命，还在贼处。明公推究此画来自何方，便有个根据了。』高公笑道：『此画来处有因，当为足下任捕盗之责，且不可泄漏！』是日酒散，叫两个孙子出来拜了先生，就留在书房中住下了。自此俊臣只在高公门馆，不题。

却说高公明日密地叫当直的，请将郭庆春来，问道：『前日所惠芙蓉屏，是那里得来的？』庆春道：『买自城外尼院。』高公问了去处，别了庆春，就差当直的到尼院中仔细盘问：『这芙蓉屏是那里来的？又是那个题咏的？』王氏见来问得蹊跷，就叫院主转问道：『来问的是何处人？为何问起这些缘故？』当直的回言：『这画而今已在高府中，差来问取来历。』王氏晓得是官府门中来问，或者有些机会在内，叫院主把真话答他道：『此画是同县顾阿秀舍的，就是院中小尼慧圆题的。』当直的把此言回复高公。高公心下道：『只须赚得慧圆到来，此事便有着落。』进去与夫人商议定了。

隔了两日，又差一个当直的，分付两个轿夫抬了一乘轿，到尼院中来。当直的对院主道：『在下是高府的管家。本府夫人喜诵佛经，无人作伴。闻知贵院中小师慧圆了悟，愿礼请拜为师父，供养在府中。不可推却！』院主迟疑道：『院中事务大小都要他主张，如何接去得？』王氏闻得高府中接他，他心中怀着复仇之意，正要到官府门中走走，寻出机会来；亦且前日来盘问芙蓉屏的，说是高府，一发有些疑心，便对院主道：『贵宅门中礼请，岂可不去？万一推托了，惹出事端来，怎生当抵？』院主晓得王氏是有见识的，不敢违他，但只是道：『去便去，只不知几时可来。院中有事怎么处？』王氏道：『等见夫人过，住了几日，觑个空便，可以来得就来。想院中也没甚事，倘有疑难的，高府在城不远，可以来问信商量得的。』院主道：『既如此，只索就去。』当直的叫轿夫打轿进院，王氏上了轿，一直的抬到高府中来。

高公未与他相见，只叫他到夫人处见了，就叫夫人留他在卧房中同寝，高公自到别房宿歇。夫人与他讲些经典，说些因果，王氏问一答十，说得夫人十分喜欢敬重。闲中问道：『听小师父一谈，不是这里本处人。还是自幼出家的？还是有过丈夫，半路出家的？』王氏听说罢，泪如雨下道：『复夫人：小尼果然不是此间，是真州人。丈夫是永幕县尉，姓崔名英，一向不曾敢把实话对人说，而今在夫人面前，只索实告，想自无妨。』随把赴任到此，舟人盗劫财物，害了丈夫全家，自己留得性命，脱身逃走，幸遇尼僧留住，落发出家的说话，从头至

初刻拍案惊奇

尾，说了一遍，哭泣不止。

夫人听他说得伤心，恨恨地道：『这些强盗，害得人如此！天理昭彰，怎不报应？』王氏道：『小尼躲在院中一年，不见外边有些消耗。前日忽然有个人，拿一幅画芙蓉到院中来施。小尼看来，却是丈夫船中之物。即向院主问施人的姓名，道是同县顾阿秀兄弟。小尼记起丈夫赁的船，正是船户顾姓的。而今真赃已露，这强盗不是顾阿秀是谁？小尼当时就把舟中失散的意思，做一首词，题在上面。后来被人买去了。前日贵府有人来院，查问题咏芙蓉下落。其实即是小尼所题，有此冤情在内。』即拜夫人一拜道：『强盗只在左近，不在远处了。只求夫人转告相公，替小尼一查。若是得了罪人，雪了冤仇，以下报亡夫，相公、夫人恩同天地了！』夫人道：『既有了这些影迹，事不难查，且自宽心！等我与相公说就是。』

夫人果然把这些备细，一一与高公说了。又道：『这人且是读书识字，心性贞淑，决不是小家之女。』高公道：『听他这些说话与崔县尉所说正同。又且芙蓉屏是他所题，崔县尉又认得是妻子笔迹，此是崔县尉之妻，无可疑心。夫人只是好好看待他，且不要说破。』高公出来见崔俊臣时，俊臣也屡屡催高公替他查芙蓉屏的踪迹。高公只推未得其详，略不提起慧圆的事。

高公又密密差人，问出顾阿秀兄弟居址所在，平日出没行径，晓得强盗是真。却是居乡的官，未敢轻自动手。私下对夫人道：『崔县尉事，查得十有七八了，不久当使他夫妻团圆。但只是慧圆还是个削发尼僧，他日如何相见，好去做孺人？你须慢慢劝他长发改妆才好。』夫人道：『这是正理。只是他心里不知道丈夫还在，如何肯长发改妆？』高公道：『你自去劝他，或者肯依固好；毕竟不肯时节，我另自有说话。』夫人依言，来对王氏道：『吾已把你所言，尽与相公说知，相公道，捕盗的事，多在他身上，管取与你报冤。』王氏稽首称谢。夫人道：『只有一件：相公道，你是名门出身，仕宦之妻，岂可留在空门没个下落？叫我劝你长发改妆。你若依得，一力与你擒盗便是。』王氏道：『小尼是个未亡之人，长发改妆何用？只为冤恨未伸，故此上求相公做主。若得强盗歼灭，只此空门静守，便了终身。还要甚么下落？』夫人道：『你如此妆饰，在我府中也不为便。不若你留了发，认义我老夫妇两个，做个孀居寡女，相伴终身。未为不可。』王氏道：『承蒙相公、夫人抬举，人非木石，岂不知感？但重整云鬟，再施铅粉，丈夫已亡，有何心绪？况老尼相救深恩，一旦弃之，亦非厚道。所以不敢从命。』夫人见他说话坚决，一一回报了高公。高公称叹道：『难得这样立志的女人！』又叫夫人对他说道：『不是相公苦苦要你留头，其间有个缘故。前日因去查问此事，有平江路官吏相见，说：「旧年曾有人

告理，也说是永嘉县尉，只怕崔生还未必死。」若是不长得发，他日一时擒住此盗，查得崔生出来，此时僧俗各异，不得团圆，悔之何及！何不权且留了头发？等事体尽完，崔生终无下落，那时任凭再净了发，还归尼院，有何妨碍？』王氏见说是有人还在此告状，心里也疑道：『丈夫从小会没水，是夜眼见得囫囵抛在水中的，或者天幸留得性命也不可知。』遂依了夫人的话，虽不就改妆，却从此不剃发，权扮作道姑模样了。

又过了半年，朝廷差个进士薛溥化为监察御史，来按平江路。这个薛御史乃是高公旧日属官，他吏才精敏，是个有手段的。到了任所，先来拜谒高公。高公把这件事密密托他，连顾阿秀姓名、住址、去处，都细细说明白了。薛御史谨记在心，自去行事，不在话下。

且说顾阿秀兄弟，自从那年八月十五夜，一觉直睡到天明，醒来不见了王氏，明知逃去，恐怕形迹败露，不敢明明追寻。虽在左近打听两番，并无踪影，这是不好告诉人的事，只得隐忍罢了。此后一年之中，也曾做个十来番道路，虽不能如崔家之多，侥幸再不败露，甚是得意。一日正在家欢呼饮酒间，只见平江路捕盗官带着一哨官兵，将宅居围住，拿出监察御史发下的访单来。顾阿秀是头一名强盗，其余许多名字，逐名查去，不曾走了一个。又拿出崔县尉告的赃单来，连他家里箱笼，悉行搜卷，并盗船一只，即停泊门外港内，尽数起到了官，解送御史衙门。

薛御史当堂一问，初时抵赖；及查物件，见了永嘉县尉的敕牒尚在箱中，赃物一一对款，薛御史把崔县尉旧日所告失盗状，念与他听，方各俯首无词。薛御史问道：『当日还有孺人王氏，今在何处？』顾阿秀等相顾不出一语。御史喝令严刑拷讯。顾阿秀招道：『初意实要留他配小的次男，故此不杀。因他一口应承，愿做新妇，所以再不防备。不期当年八月中秋，乘睡熟逃去，不知所向。只此是实情。』御史录了口词，取了供案，凡是在船之人，无分首从，尽问成枭斩死罪，决不待时。原赃照单给还失主。御史差人回复高公，就把赃物送到高公家来，交与崔县尉。俊臣出来，一一收了。晓得敕牒还在，家物犹存，只有妻子没查下落处，连强盗肚里也不知去向了，真个是渺茫的事。俊臣感新思旧，不觉恸哭起来。有诗为证：

堪笑聪明崔俊臣，也应落难一时浑。
既然因画能追盗，何不寻他题画人？

元来高公有心，只将画是顾阿秀施在尼院的说与俊臣知道，并不曾提起题画的人就在院中为尼，所以俊臣但得知盗情因画败露，妻子却无查处，竟不知只在画上，可以跟寻得出来的。

当时俊臣恸哭已罢，想道：『既有敕牒，还可赴任。若再稽迟，便恐另补有人，到不得地方了。妻子既不见，留连于此无益。』请高公出来拜谢了，他就把要去赴任的意思说了。高公道：『赴任是美事，但足下青年无偶，岂可独去？待老夫与足下做个媒人，娶了一房孺人，然后夫妻同往也未为迟。』俊臣含泪答道：『糟糠之妻，同居贫贱多时，今遭此大难，流落他方，存亡未卜。然据着芙蓉屏上尚及题词，料然还在此方。今欲留此寻访，恐事体渺茫，稽迟岁月，到任不得了。愚意且单身到彼，差人来高揭榜文，四处追探。拙妇是认得字的，传将开去，他闻得了，必能自出。除非忧疑惊恐，不在世上了，万一天地垂怜，尚然留在，还指望伉俪重谐。英感明公恩德，虽死不忘，若别娶之言，非所愿闻。』高公听他说得可怜，晓得他别无异心，也自凄然道：『足下高谊如此，天意必然相佑，终有完全之日。吾安敢强逼？只是相与这几

时，容老夫少尽薄设奉饯，然后起程。」

次日开宴饯行，邀请郡中门生、故吏，各官与一时名士毕集，俱来奉陪崔县尉。酒过数巡，高公举杯告众人道：『老夫今日为崔县尉了今生缘。』众人都不晓其意，连崔俊臣也一时未解，只见高公命传呼后堂：『请夫人打发慧圆出来！』俊臣惊得木呆，只道高公要把甚么女人强他纳娶，故设此宴，说此话，也有些着急了。梦里也不晓得他妻子叫得甚么慧圆！当时夫人已知高公意思，把崔县尉在馆内多时，昨已获了强盗，问了罪名，追出敕牒，今日饯行赴任，特请你到堂厮认团圆，逐项逐节的事情，说了一遍。王氏如梦方醒，不胜感激。先谢了夫人，走出堂前来，此时王氏发已半长，照旧妆饰。崔县尉一见，乃是自家妻子，惊得如醉里梦里。高公笑道：『老夫原说道与足下为媒，这可做得着么？』崔县尉与王氏相持大恸，说道：『自料今生死别了，谁知在此，却得相见？』

座客见此光景，尽有不晓得详悉的，向高公请问根由。高公便叫书僮去书房里取出芙蓉屏来，对众人道：『列位要知此事，须看此屏。』众人争先来看，却是一画一题。看的看，念的念，却不明白这个缘故。高公道：『好教列位得知，只这幅画，便是崔县尉夫妻一段大姻缘。这画即是崔县尉所画，这词即是崔孺人所题。他夫妻赴任到此，为船上所劫，崔孺人脱逃，于尼院出家，遇人来施此画，认出是船中之物，故题此词。后来此画却入老夫之手，遇着崔县尉到来，又认出是孺人之笔。老夫暗地着人细细问出根由，乃知孺人在尼院，叫老妻接将家来住着。密行访缉，备得大盗踪迹，托了薛御史究出此事，强盗俱已伏罪。崔县尉与孺人在家下，各有半年多，只道失散在那里，竟不知同在一处多时了。老夫一向隐忍，不通他两人知道，只为崔孺人头发未长，崔县尉敕牒未获，不知事体如何，两人心事如何？不欲造次漏泄。今罪人既得，试他丈夫节妇，两下心坚，今日特地与他团圆这段因缘。故此方才说替他了今生缘，即是崔孺人词中之句，方才说「请慧圆」，乃是崔孺人尼院中所改之字，特地使崔君与诸公不解，为今日酒间一笑耳。』崔俊臣与王氏听罢，两个哭拜高公，连在坐之人无不下泪，称叹高公盛德，古今罕有。王氏自到里面去拜谢夫人了。高公重入座席，与众客尽欢而散。是夜特开别院，叫两个养娘伏侍王氏与崔县尉在内安歇。

明日，高公晓得崔俊臣没人伏侍，赠他一奴一婢，又赠他好些盘缠，当日就道。他夫妻两个感念厚恩，不忍分别，大哭而行。王氏又同丈夫到尼院中来，院主及一院之人，见他许久不来，忽又改妆，个个惊异。王氏备细说了遇合缘故，并谢院主看待厚意。院主方才晓得顾阿秀劫掠是真，前日王氏所言妻妾不相容，乃是一时掩饰之词。院中人个个与他相好的，多不舍得他去。事出无奈，各各含泪而别。夫妻两个同到永嘉去了。

在永嘉任满回来，重过苏州，差人问候高公，要进来拜谒。谁知高公与夫人俱已薨逝，殡葬已毕了。崔俊臣同王氏大哭，如丧了亲生父母一般。问到他墓下，拜奠了，就请旧日尼院中各众，在墓前建起水陆道场三昼夜，以报大恩。王氏还不忘经典，自家也在里头持诵。事毕，同众尼再到院中。崔俊臣出宦资，厚赠了院主。王氏又念昔日朝夜祷祈观世音暗中保佑，幸得如愿，夫妇重谐，出白金十两，留在院主处，为烧香点烛之费。不忘院中光景，立心自此长斋念观音不辍，以终其身。当下别过众尼，自到真州宁家，另日赴京补官。这是后事，不必再题。

此本话文，高公之德，崔尉之谊，王氏之节，皆是难得的事。各人存了好心，所以天意周全，好人相逢。毕竟冤仇尽报，夫妇重完，此可为世人之劝。诗云：

王氏藏身有远图，间关到底得逢夫。
舟人妄想能同志，一月空将新妇呼。

又云：

芙蓉本似美人妆，何意飘零在路傍？
画笔词锋能巧合，相逢犹自墨痕香。

又有一首赞叹御史大夫高公云：

高公德谊薄云天，能结今生未了缘。
不使初时轻逗漏，致令到底得团圆。
芙蓉画出原双蒂，萍藻浮来亦共联。
可惜白杨堪作柱，空教洒泪及黄泉。

初刻拍案惊奇

第二十八回

金光洞主谈旧迹　玉虚尊者悟前身

诗云：

近有人从海上回，海山深处见楼台。
中有仙童开一室，皆言此待乐天来。

又云：

吾学空门不学仙，恐君此语是虚传。
海山不是吾归处，归即应归兜率天。

这两首绝句，乃是唐朝侍郎白香山白乐天所作，答浙东观察使李公的。乐天一生精究内典，勤修上乘之业，一心超脱轮回，往生净土。彼时李公师稷观察浙东，有一个商客，在他治内明州同众下海，遭风飘荡，不知所止，一月有余，才到一个大山。瑞云奇花，白鹤异树，尽不是人间所见的。山侧有人出来迎问道：『是何等人来得到此？』商客具言随风飘到。岸上人道：『既到此地，且系定了船，上岸来见天师。』同舟中胆小，不知上去有何光景，个个退避。只有这一个商客，跟将上去。岸上人领他到一个所在，就像大寺观一般。商客随了这人，依路而进。见一个道士，须眉皆白，两旁侍卫数十人，坐大殿上，对商客道：『你本中国人，此地有缘，方得一到。此即世传所称蓬莱山也。你既到此地，可要各处看看去么？』商客口称要看。道士即命左右领他宫内游观。玉台翠树，光彩夺目。有数十处院宇，多有名号。只有一院，关锁得紧紧的，在门缝里窥进去，只见满庭都是奇花，堂中设一虚座。座中有裀褥，阶下香烟扑鼻。商客问道：『此是何处？却如此空锁着？』那人答道：『此是白乐天前生所驻之院。乐天今在中国未来，故关闲在此。』商客心中原晓得白乐天是白侍郎的号，便把这些去处光景，一一记着。别了那边人，走下船来，随风使帆，不上十日，已到越中海岸。商客将所见之景，备细来禀知李观察。李观察尽录其所言，书报白公。白公看罢，笑道：『我修净业多年，西方是我世界，岂复往海外山中去做神仙耶？』故此把这两首绝句回答李公，见得他修的是佛门上乘，要到兜率天宫，不希罕蓬莱仙岛意思。

后人评论：『道是白公脱屣烟埃，投弃轩冕，一种非凡光景，岂不是个谪仙人？海上之说，未为无据。但今生更复勤修精进，直当超脱玄门，上证大觉。后来果位，当胜前生。这是正理。要知从来名人达士，巨卿伟公，再没一个不是有宿根再来的人。若非仙官谪降，便是古德转生。所以聪明正直，在世间做许多好事。如东方朔是岁星，马周是华山素灵宫仙官，王方平是琅琊寺僧，真西山是草庵和尚，苏东坡是五戒禅师，就是死后，或原归故处，或另补仙曹。如卜子夏为修文郎，郭璞为水仙伯，陶弘景为蓬莱都水监，李长吉召撰《白玉楼记》，皆历历可考，不能尽数。至如奸臣叛贼，必是药叉、罗刹、修罗、鬼王之类，决非善根。乃有小说中说：李林甫遇道士，卢杞遇仙女，说他本是仙种，特来度他。他两个都不愿做仙人，愿做宰相，以至堕落。此多是其家门生故吏，一党之人，撰造出来，以掩其平生过恶的。若依他说，不过迟做得仙人五六百年，为何阴间有「李林甫十世为牛九世倡」之说？就是说道业报尽了，还归本处，五六百年后，便不可知。为何我朝万历年间，河南某县，雷击死娼妇，背上还有「唐朝李林甫」五字？此却六百年不止了。可见说恶人也是仙种，其说荒唐，不足凭信。』

小子如今引白乐天的故事说这一番话。只要有好根器的人，不可

在火坑欲海恋着尘缘，忘了本来面目。待小子说一个宋朝大臣，在当生世里看见本来面目的一个故事，与看官听一听。诗云：

昔为东掖垣中客，今作西方社里人。
手把杨枝临水坐，寻思往事是前身。

却说西方双摩诃池边，有几个洞天。内中有两个洞，一个叫作金光洞，一个叫做玉虚洞。凡是洞中，各有一个尊者，在内做洞主。住居极乐胜境，同修无上菩提。忽一日，玉虚洞中尊者来对金光洞中尊者道：『吾佛以救度众生为本，吾每静修洞中，固是正果。但只独善其身，便是辟支小乘。吾意欲往震旦地方，打一转轮回，游戏他七八十年，做些济人利物的事，然后回来，复居于此，可不好么？』金光洞尊者道：『尘世纷嚣，有何好处？虽然可以济人利物，只怕为欲火所烧，迷恋起来。没人指引回头，忘却本来面目，便要堕落轮回道中，不知几劫才得重修圆满？怎么说得「复居此地」这样容易话？』玉虚尊者见他说罢，自悔错了念头。金光洞尊者道：『此念一起，吾佛已知。伽蓝韦驮，即有密报，岂可复悔？须索向阎浮界中去走一遭，受享些荣华富贵，就中做些好事，切不可迷了本性。倘若恐怕浊界汩没，一时记不起，到得五十年后，我来指你个境头，等你心下洞彻罢了。』玉虚洞尊者当下别了金光洞尊者，自到洞中，分付行童：『看守着洞中，原自早夜焚香诵经，我到人间走一遭去也。』一灵真性，自去拣那善男信女、有德有福的人家好处投生，不题。

却说宋朝鄂州江夏有个官人，官拜左侍禁，姓冯名式，乃是个好善积德的人。夫人一日梦一金身罗汉下降，产下一子，产时异香满室。看那小厮时，生得天庭高耸，地角方圆，两耳垂珠，是个不凡之相。两三岁时，就颖悟非凡。看见经卷上字，恰像原是认得的，一见不忘。送入学中，取名冯京，表字当世。过目成诵，万言立就。虽读儒书，却又酷好佛典，敬重释门，时常瞑目打坐，学那禅和子的模样。不上二十岁，连中了三元。

说话的，你错了。据着《三元记》戏本上，他父亲叫做冯商，是个做客的人，如何而今说是做官的？连名字多不是了。看官听说：那戏文本子，多是胡诌，岂可凭信！只如南北戏文，极顶好的，多说《琵琶》《西厢》。那蔡伯喈，汉时人，未做官时，父母双亡，庐墓致瑞，公府举他孝廉，何曾为做官不归，父母饿死？且是汉时不曾有状元之名，汉朝当时正是董卓专权，也没有个牛丞相。郑恒是唐朝大官，夫人崔氏，皆有封号，何曾有失身张生的事？后人虽也有晓得是无微之不遂其欲，托名丑诋的，却是戏文倒说崔张做夫妻到底。郑恒是个花脸衙内，撞阶死了，却不是颠倒得没道理！只这两本出色的，就好笑起来，何况别本，可以准信得的？所以小子要说冯当世的故事，先据正史，把父亲名字说明白了，免得看官每信着戏文上说话，千古不决。

闲话休题。且说那冯公自中三元以后，任官累典名藩，到处兴利除害，流播美政，护持佛教，不可尽述。后来入迁政府，做了丞相。忽一日，体中不快，遂告个朝假，在寓静养调理。其时英宗皇帝，圣眷方隆，连命内臣问安，不绝于道路。又诏令翰院有名医人数个，到寓诊视，圣谕尽心用药，期在必愈。服药十来日，冯相病已好了，却是羸瘦了好些，拄了杖才能行步。久病新愈，气虚多惊，倦视绮罗，厌闻弦管，思欲静坐养神，乃策杖徐步入后园中来。后园中花木幽深之处，有一所茅庵，名曰容膝庵，乃是取陶渊明《归去来辞》中语，见得庵小，只可容着两膝的话。冯相到此，心意欣然，便叫侍妾每都各散去，自家

取龙涎香，焚些在博山炉中，叠膝瞑目，坐在禅床中蒲团上。默坐移时，觉神清气和，肢体舒畅。徐徐开目，忽见一个青衣小童，神貌清奇，冰姿潇洒，拱立在禅床之右。冯相问小童道：『婢仆皆去，你是何人，独立在此？』小童道：『相公久病新愈，心神忻悦，恐有所游。小童愿为参从，不敢擅离。』公伏枕日久，沉疾既愈，心中正要闲游。忽闻小童之言，意思甚快。乘兴离榻，觉得体力轻健，与平日无病时节无异。步至庵外，小童禀道：『路径不平，恐劳尊重，请登羊车，缓游园圃。』冯相喜小童如此慧黠，笑道：『使得，使得。』说话之间，小童挽羊车一乘，来到面前。但见：

帘垂斑竹，轮斫香檀。同心结带系鲛绡，盘角曲栏雕美玉。坐裀铺锦褥，盖顶覆青毡。

冯相也不问羊车来历，忻然升车而坐。小童挥鞭在前驭着，车去甚速，势若飘风。冯相惊怪道：『无非是羊，为何如此行得速？』低头前视，见驾车的全不似羊，也不是牛马之类。凭轼仔细再看，只见背尾皆不辨，首尾足上毛五色，光彩射人。奔走挽车，稳如磐石。冯相公大惊，方欲询问小童，车行已出京都北门，渐渐路入青霄，行去多是翠云深处。下视尘寰，直在底下，虚空之中，过了好些城郭，将有一饭时候，车才着地住了。小童前禀道：『此地胜绝，请相公下观。』冯相下得车来，小童不知所向，连羊车也不见了。举头四顾，身在万山之中。但见：

山川秀丽，林麓清佳。出没万壑烟霞，高下千峰花木。静中有韵，细流石眼水涓涓；相逐无心，闲出岭头云片片。溪深绿草茸茸茂，石老苍苔点点斑。

冯相身处朝市，向为尘俗所役，乍见山光水色，洗涤心胸。正如酷暑中行，遇着清泉百道，多时病滞，一旦消释。冯相心中喜乐，不觉拊腹而叹道：『使我得顶笠披蓑，携锄趁犊，躬耕数亩之田，归老于此地。每到秋苗熟后，稼穑登场，旋煮黄鸡，新刍白酒，与邻叟相邀。瓦盆磁瓯，量晴较雨。此乐虽微，据我所见，虽玉印如霜，金印如斗，不足比之！所恨者君恩未报，不敢归田。他日必欲遂吾所志！』

方欲纵步玩赏，忽闻清磬一声，响于林杪。冯相幸目仰视，向松阴竹影疏处，隐隐见山林间有飞檐碧瓦，栋宇轩窗。冯相道：『适才磬声，必自此出。想必有幽人居止，何不前去寻访？』遂穿云踏石，历险登危，寻径而走。过往处，但闻流水松风，声喧于步履之下。渐渐林麓两分，峰峦四合。行至一处，溪深水漫，风软云闲，下枕清流，有千门万户。但见：

嵬嵬宫殿，虬松镇碧瓦朱扉；寂寂回廊，凤竹映雕栏玉砌。

玲珑楼阁，干霄覆云，工巧非人世之有。岩畔洞门开处，挂一白玉牌，牌上金书『金光第一洞』。冯相见了洞门，知非人世，惕然不敢进步入洞。因是走得路多了，觉得肢体倦怠，暂歇在门阃石上坐着。坐还未定，忽闻大声起于洞中，如天摧地塌，岳撼山崩。大声方住，狂风复起。松竹低偃，瓦砾飞扬，雄气如奔，顷刻而止。冯相惊骇，急回头看时，一巨兽自洞门奔出外来。你道怎生模样？但见：

目光闪烁，毛色斑斓。剪尾岩谷风生，移步郊园草偃。山前一吼，摄将百兽潜形；林下独行，威使群毛震悚。满口利牙排剑戟，四蹄钢爪利锋芒。

奔走如飞，将至坐侧。冯相怆惶，欲避无计。忽闻金锡之声震地，那个猛兽恰像有人赶逐他的，窜伏亭下，敛足瞑目，犹如待罪一般。

冯相惊异未定，见一个胡僧自洞内走将出来。你道怎生模样？但见：

修眉垂雪，碧眼横波。衣披烈火，七幅鲛绡；杖挂降魔，九环金锡。若非圆寂光中客，定是楞迦峰顶人。

将至洞门，将锡杖横了，稽首冯相道：『小兽无知，惊恐丞相。』冯相答礼道：『吾师何来，得救残喘？』胡僧道：『贫僧即此间金光洞主也。相公别来无恙？粗茶相邀，丈室闲话则个。』冯相见他说『别来无恙』的话，举目细视胡僧面貌，果然如旧相识，但仓卒中不能记忆。遂相随而去。

到方丈室中，啜茶已罢。正要款问仔细，金光洞主起身对冯相道：『敝洞荒凉，无以看玩。若欲游赏烟霞，遍观云水，还要邀相公再游别洞。』遂相随出洞后而去。但觉天清景丽，日暖风和，与世俗溪山，迥然有异。须臾到一处，飞泉千丈，注入清溪，白石为桥，斑竹夹径。于巅峰之下，见一洞门，门用玻璃为牌，牌上金书『玉虚尊者之洞』。冯相对金光洞主道：『洞中景物，料想不凡。若得一观，此心足矣。』金光洞主道：『所以相邀相公远来者，正要相公游此间耳。』遂排扉而入。

冯相本意，只道洞中景物可赏。既到了里面，尘埃满地，门户寂寥，似若无人之境。但见：

金炉断烬，玉磬无声。绛烛光消，仙扃昼掩。蛛网遍生虚室，宝钩低压重帘。壁间纹幕空垂，架上金经生蠹。闲庭悄悄，芊绵碧草侵阶；幽槛沉沉，散漫绿苔生砌。松阴满院鹤相对，山色当空人未归。

冯相犹豫不决，逐步走至后院。忽见一个行童，凭案诵经。冯相问道：『此洞何独无僧？』行童闻言，掩经离榻，拱揖而答道：『玉虚尊者游戏人间，今五十六年，更三十年方回此洞。缘主者未归，是故无人相接。』金光洞主道：『相公不必问，后当自知。此洞有个空寂楼台，迥出群峰，下视千里，请相公登楼，款歇而归。』遂与登楼。

看那楼上时，碧瓦甃地，金兽守扃。饰异宝于虚檐，缠玉虬于巨栋。犀轴仙书，堆积架上。冯相正要取卷书来看看，那金光洞主指楼外云山，对冯相道：『此处尽堪寓目，何不凭栏一看？』冯相就不去看书，且凭栏凝望，遥见一个去处：

翠烟掩映，绛雾氤氲。美木交枝，清阴接影。琼楼碧瓦玲珑，玉树翠柯摇曳。波光泊岸，银涛映天。翠色逼人，冷光射目。

其时，日影下照，如万顷琉璃。冯相注目细视良久，问金光洞主道：『此是何处，其美如此？』金光洞主愕然而惊，对冯相道：『此地即双摩诃池也。此处溪山，相公多曾游赏，怎么就不记得了？』冯相闻得此语，低头仔细回想，自儿童时，直至目下，一一追算来，并不记曾到此，却又有些依稀认得。正不知甚么缘故，乃对金光洞主道：『京心为事夺，壮岁旧游，悉皆不记。不知几时曾到此处？隐隐已如梦寐。人生劳役，至于如此！对景思之，令人伤感！』金光洞主道：『相公儒者，当达大道，何必浪自伤感？人生寄身于太虚之中，其间荣瘁悲欢，得夫聚散，彼死此生，投形换壳，如梦一场。方在梦中，原不足问；及到觉后，又何足悲？岂不闻《金刚经》云：「一切有为法，如梦幻泡影，如露亦如电，应作如是观。」自古皆以浮生比梦，相公只要梦中得觉，回头即是，何用伤感！此尽正理，愿相公无轻老僧之言！』

冯相闻语，贴然敬伏。方欲就坐款话，忽见虚檐日转，晚色将催。冯相意要告归，作别金光洞主道：『承挈游观，今尽兴而返，此

别之后，未知何日再会？』金光洞主道：『相公是何言也？不久当与相公同为道友，相从于林下，日子正长，岂无相见之期！』冯相道：『京病既愈，且夕朝参，职事相索，自无暇日，安能再到林下，与吾师游乐哉？』金光洞主笑道：『浮世光阴迅速，三十年只同瞬息。老僧在此，转眼间伺候相公来，再居此洞便了。』冯相道：『京虽不才，位居一品。他日若荷君恩，放归田野，苟不就宫祠微禄，亦当为田舍翁，躬耕自乐，以终天年。况自此再三十年，京已寿登耄耋，岂更削发披缁坐此洞中为衲僧耶？』金光洞主但笑而不答。冯相道：『吾师相笑，岂京之言有误也？』金光洞主道：『相公久羁浊界，认杀了现前身子，竟不知身外有身耳。』冯相道：『岂非除此色身之外，别有身耶？』金光洞主道：『色身之外，元有前身。今日相公到此，相公的色身又是前身了。若非身外有身，相公前日何以离此？今日怎得到此？』冯相道：『吾师何术使京得见身外之身？』金光洞主道：『欲见何难？』就把手指向壁间画一圆圈，以气吹之，对冯相道：『请相公观此景界。』

冯相遂近壁视之，圆圈之内，莹洁明朗，如挂明镜。注目细看其中，见有：

风轩水榭，月坞花畦。小桥跨曲水横塘，垂柳笼绿窗朱户。

遍看池亭，皆似曾到，但不知是何处园圃在此壁间。冯相疑心是障眼之法，正色责金光洞主道：『我佛以正法度人，吾师何故将幻术变现，惑人心目？』金光洞主大笑而起，手指园圃中东南隅道：『如此景物，岂是幻也？请相公细看，真伪可见。』冯相走近前边，注目再看，见园圃中有粉墙小径。曲槛雕栏。向花木深处，有茅庵一所：

半开竹牖，低下疏帘。闲阶日影三竿，古鼎香烟一缕。

茅庵内有一人，叠足瞑目，靠蒲团坐禅床上。冯相见此，心下踌躇。金光洞主将手拍着冯相背上道：『容膝庵中，尔是何人？』大喝一偈道：『五十六年之前，各占一所洞天。容膝庵中莫误，玉虚洞里相延。』向冯相耳畔叫一声：『咄！』冯相于是顿省：游玉虚洞者，乃前身；坐容膝庵者，乃色身。不觉失声道：『当时不晓身外身，今日方知梦中梦。』因此顿悟无上菩提，喜不自胜。

方欲参问心源，印证禅觉，回顾金光洞主，已失所在。遍视精舍迦蓝，但只见：

如云藏宝殿，似雾隐回廊。审听不闻钟磬之清音，仰视已失峰岩之险势。玉虚洞府，想却在海上瀛洲；空寂楼台，料复归极乐国土。只疑看罢僧繇画，卷起丹青十二图。

一时廊殿、洞府、溪山，捻指皆无踪迹，单单剩得一身，俨然端坐后园容膝庵中禅床之上。觉茶味犹甘，松风在耳。鼎内香烟尚袅，座前花影未移。入定一晌之间，身游万里之外。冯相想着境界了然，语话分明，全然不像梦境。晓得是禅静之中，显见宿本。况且自算其寿，正是五十六岁，合着行童说尊者游戏人间之年数，分明己身是金光洞主的道友玉虚尊者的转世。

自此每与客对，常常自称老僧。后三十年，一日无疾而终。自然仍归玉虚洞中去矣。诗曰：

玉虚洞里本前身，一梦回头八十春。
要识古今贤达者，阿谁不是再来人？

初刻拍案惊奇

第二十九回

通闺闼坚心灯火　闹囹圄捷报旗铃

诗曰：

世间何物是良图？惟有科名救急符。
试看人情翻手变，窗前可不下功夫！

话说自汉以前，人才只是幸荐征辟，故有贤良方正、茂才异等之名，其高尚不出，又有不求闻达之科。所以野无遗贤，人无匿才，天下尽得其用。自唐宋以来，俱重科名。虽是别途进身，尽能致位权要，却是惟以此为华美。往往有只为不得一第，情愿老死京华的。到我国朝，初时三途并用，多有名公大臣不由科甲出身，一般也替朝廷干功立业，青史标名不朽。那见得只是进士才做得事？直到近来，把这件事越重了。不是科甲的人，不得当权。当权所用的，不是科甲的人，不与他好衙门，好地方，多是一帆布置。见了以下出身的，就不是异途，也必拣个惫懒所在打发他。不上几时，就勾销了。总是不把这几项人看得在心上。所以别项人内便尽有英雄豪杰在里头，也无处展布。晓得没甚长筵广席，要做好官也没干，都把那志气灰了，怎能勾有做得出头的！及至是个进士出身，便贪如柳盗跖，酷如周兴、来俊臣，公道说不去，没奈何考察坏了，或是参论坏了，毕竟替他留些根。又道是：『百足之虫，至死不僵。』跌扑不多时，转眼就高官大禄，仍旧贵显；岂似科贡的人，一勾了帐？只为世道如此重他，所以一登科第，便像升天。却又一件好笑：就是科第的人，总是那穷酸秀才做的，并无第二样人做得。及至肉眼愚眉，见了穷酸秀才，谁肯把眼稍来管顾他？还有一等豪富亲眷，放出倚富欺贫的手段，做尽了恶薄腔子待他。到得忽一日榜上有名，报将转来，呵脬捧卵，偏是平日做腔欺负的头名，就是他上前出力。真个世间惟有这件事，贱的可以立贵，贫的可以立富；难分难解的冤仇，可以立消；极险极危的道路，可以立平。遮莫做了没脊梁、惹羞耻的事，一床棉被可以遮盖了。说话的，怎见得如此？看官，你不信，且先听在下说一件势利好笑的事。

唐时有个举子叫做赵琮，累随计吏赴南宫春试，屡次不第。他的妻父是个钟陵大将，赵琮贫穷，只得靠着妻父度日。那妻家武职官员，宗族兴旺，见赵琮是个多年不利市的寒酸秀才，没一个不轻薄他的。妻父妻母看见别人不放他在心上，也自觉得没趣，道女婿不争气，没长进，虽然是自家骨肉，未免一科厌一科，弄做个老厌物了。况且有心嫌鄙了他，越看越觉得寒酸，不足敬重起来。只是不好打发得他开去，心中好些不耐烦。赵琮夫妻两个，不要说看了别人许多眉高眼低，只是父母身边，也受多少两般三样的怠慢，没奈何，争气不来，只得怨命忍耐。

一日，赵琮又到长安赴试去了。家里撞着迎春日子，军中高会，百戏施呈。唐时名为『春设』，倾城仕女没一个不出来看。大户人家搭了棚厂，设了酒席在内，邀请亲戚共看。大将阖门多到棚上去，女眷们各各盛妆斗富，惟有赵娘子衣衫褴褛，虽是自心里觉得不入队，却是大家多去，又不好独自一个推掉不去得。只得含羞忍耻，随众人之后，一同上棚。众女眷们憎嫌他妆饰弊陋，恐怕一同坐着，外观不雅，将一个帷屏遮着他，叫他独坐在一处，不与他同席。他是受憎嫌惯的，也自揣已，只得凭人主张，默默坐下了。

正在摆设酣畅时节，忽然一个吏典走到大将面前，说道：『观察相公特请将军，立等说话。』大将吃了一惊道：『此与民同乐之时，料

无政务相关，为何观察相公见召？莫非有甚不测事体？』心中好生害怕，捏了两把汗，到得观察相公厅前，只见观察手持一卷书，笑容可掬，当厅问道：『有一个赵琮，是公子婿否？』大将答道：『正是。』观察道：『恭喜，恭喜。适才京中探马来报，令婿已及第了。』大将还谦逊道：『恐怕未能有此地步。』观察即将手中所持之书，递与大将道：『此是京中来的全榜，令婿名在其上，请公自拿去看。』大将双手接着，一眼瞟去，赵琮名字朗朗在上，不觉惊喜。谢别了观察，连忙走回。远望见棚内家人多在那里注目看外边。大举着榜，对着家人大呼道：『赵郎及第了！赵郎及第了！』众人听见，大家都吃一惊。掇转头来看那赵娘子时，兀自寂寂寞寞，没些意思，在帷屏外坐在那里。却是耳朵里已听见了，心下暗暗地叫道：『惭愧！谁知也有这日！』众亲眷急把帷屏撤开，到他跟前称喜道：『而今就是夫人县君了。』一齐来拉他去同席。赵娘子回言道：『衣衫褴褛，玷辱诸亲，不敢来混。只是自坐了看看罢。』众人见他说呕气的话，一发不安，一个个强赔笑脸道：『夫人说那里话！』就有献勤的，把带来包里的替换衣服，拿出来与他穿了。一个起头，个个争先。也有除下簪的，也有除下钗的，也有除下花钿的，耳铛的，霎时间把一个赵娘子打扮的花一团，锦一簇，还恐怕他不喜欢。是日那里还有心想看春会？只个个撺哄赵娘子，看他眉头眼后罢了。本是一个冷落的货，只为丈夫及第，一时一霎更变起来。人也原是这个人，亲也原是这些亲，世情冷暖，至于如此！

在下为何说这个做了引头？只因有一个人为些风情事，做了出来，正在难分难解之际，忽然登第，不但免了罪过，反得团圆了夫妻。正应着在下先前所言，做了没脊梁，惹羞耻的事，一床锦被可以遮盖了的说话。看官每试听着，有诗为证：

同年同学，同林宿鸟。好事多磨，受人颠倒。
私情败露，官非难了。一纸捷书，真同月老。

这个故事，在宋朝端平年间，浙东有一个饱学秀才，姓张字忠父，是衣冠宦族。只是家道不足，靠着人家聘出去，随任做书记，馆谷为生。邻居有个罗仁卿，是崛起白屋人家，家事尽富厚。两家同日生产：张家得了个男子，名唤幼谦；罗家得了个女儿，名唤惜惜。多长成了。因张家有了书馆，罗家把女儿寄在学堂中读书。旁人见他两个年貌相当，戏道：『同日生的，合该做夫妻。』他两个多是娃子家心性，见人如此说，便信杀道是真，私下密自相认，又各写了一张券约，罚誓必同心到老。两家父母多不知道的。同学堂了四五年，各有十四岁了，情窦渐渐有些开了。见人说做夫妻的，要做那些事，便两个合了伴，商议道：『我们既是夫妻，也学着他每做做。』两个你欢我爱，亦且不晓得些利害，有甚么不肯？书房前有株石榴树，树边有一只石凳，罗惜

惜就坐在凳上，身靠着树，张幼谦早把他脚来跷起，就搂抱了，弄将起来。两个小小年纪，未知甚么大趣味，只是两个心里喜欢，作做要笑。以后见弄得有些好处，就日日做番把，不肯住手了。

冬间，先生散了馆，惜惜回家去过了年。明年，惜惜已是十五岁。父母道他年纪长成，不好到别人家去读书，不教他来了。幼谦屡屡到罗家门首探望，指望撞见惜惜。那罗家是个富家，闺院深邃，怎得轻易出来？惜惜有一丫鬟，名唤蜚英，常到书房中伏侍惜惜，相伴往返的。今惜惜不来读书，连蜚英也不来了。只为早晨采花，去与惜惜插戴，方得出门。到了冬日，幼谦思想惜惜不置，做成新词一首，要等蜚英来时，递去与惜惜。词名《一剪梅》，词云：

同年同日又同窗，不似鸾凰，谁似鸾凰？石榴树下事匆忙，惊散鸳鸯，拆散鸳鸯。　一年不到读书堂，教不思量，怎不思量？朝朝暮暮只烧香，有分成双，愿早成双！

写词已罢，等那蜚英不来，又做诗一首，诗云：

昔人一别恨悠悠，犹把梅花寄陇头。
咫尺花开君不见，有人独自对花愁。

诗毕，恰好蜚英到书房里来采梅花，幼谦折了一枝梅花，同一词一诗，递与他去，又密嘱蜚英道：『此花正盛开，你可托折花为名，递个回信来。』蜚英应诺，带了去与惜惜看了。惜惜只是偷垂泪眼，欲待依韵答他，因是年底，匆匆不曾做得，竟无回信。

到得开年，越州太守请幼谦的父亲忠父去做记室，忠父就带了幼谦去，自教他。去了两年，方得归家。惜惜知道了，因是两年前不曾答得幼谦的信，密遣蜚英持一小篋子来赠他。幼谦收了，开篋来看，中有金钱十枚，相思子一粒。幼谦晓得是惜惜藏着哑谜：钱取团圆之象，相思子自不必说。心下大喜，对蜚英道：『多谢小娘子好情记念，何处再会得一会便好。』蜚英道：『姐姐又不出来，官人又进去不得，如何得会？只好传消递息罢了。』幼谦复作诗一首与蜚英拿去做回柬。诗云：

一朝不见似三秋，真个三秋愁不愁？
金钱难买尊前笑，一粒相思死不休。

蜚英去后，幼谦将金钱系在着肉的汗衫带子上，想着惜惜时节，便解下来跌卦问卜，又当耍子。被他妈看见了，问幼谦道：『何处来此金钱？自幼不曾见你有的。』幼谦回母亲道：『娘面前不敢隐情，实是与孩儿同学堂读书的罗氏女近日所送。』张妈妈心中已解其意，想道：『儿子年已弱冠，正是成婚之期。他与罗氏女幼年同学堂，至今寄着物件往来，必是他两相爱。况且罗氏在我家中，看他德容俱备，何不央人去求他为子妇，可不两全其美？』隔壁有个卖花杨老妈，久惯做媒，在张罗两家多走动。张妈妈就接他到家来，把此事对他说道：『家里贫寒，本不敢攀他富室。但罗氏小娘子自幼在我家与小官人同窗，况且是同日生的，或者为有这些缘分，不弃嫌肯成就也不见得。』杨老妈道：『孺人怎如此说？宅上虽然清淡些，到底是官宦人家。罗宅眼下富盛，却是个暴发。两边扯来相对，还亏着孺人宅上些哩。待老媳妇去说就是。』张妈妈道：『有烦妈妈委曲则个。』幼谦又私下叮嘱杨老妈许多说话，教他见惜惜小娘子时，千万致意。杨老妈多领诺去了，一径到罗家来。

罗仁卿同妈妈问其来意。杨老妈道：『特来与小娘子作伐。』仁卿道：『是那一家？』杨老妈道：『说起来连小娘子吉帖都不消求，那小官人就是同年月日的。』仁卿道：『这等说起来，就是张忠父家了。』杨老妈道：『正是。且是好个小官人。』仁卿道：『他世代儒家，门第

也好，只是家道艰难，靠着终年出去处馆过日，有甚么大长进处？」杨老妈道：「小官人聪俊非凡，必有好日。」仁卿道：「而今时势，人家只论现前，后来的事，那个包得？小官人看来是好的，但功名须有命，知道怎么？若他要来求我家女儿，除非会及第做官，便与他了。」杨老妈道：「依老媳妇看起来，只怕这个小官人这日子也有。」仁卿道：「果有这日子，我家决不失信。」罗妈妈也是一般说话。杨老妈道：「这等，老媳妇且把这话回复张老孺人，教他小官人用心读书，巴出身则个。」罗妈妈道：「正是，正是。」杨老妈道：「老媳妇也到小娘子房里去走走。」罗妈妈道：「正好在小女房里坐坐，吃茶去。」

杨老妈原在他家走熟的，不消引路，一直到惜惜房里来。惜惜请杨老妈坐了，叫蜚英看茶，就问道：「妈妈何来？」杨老妈道：「专为隔壁张家小官人求小娘子亲事而来。小官人多多拜上小娘子，说道：『自小同窗，多时不见，无刻不想。』今特教老身来到老员外、老安人处做媒，要小娘子怎生从中自做个主，是必要成！」惜惜道：「这个事须凭爹妈做主，我女儿家怎开得口！不知方才爹妈说话何如？」杨老妈道：「方才老员外与安人的意思，嫌张家家事淡泊些。说道：『除非张小官人中了科名，才许他。』」惜惜道：「张家哥哥这个日子倒有，只怕爹妈性急，等不得，失了他信。既有此话，有烦妈妈上复他，叫他早自挣挫，我自一心一意守他这日罢了。」惜惜要杨老妈替他传语，密地取两个金指环送他，道：「此后有甚说话，妈妈悄悄替他传与我知道，当有厚谢。不要在爹妈面前说了。」看官，你道这些老妈家，是马泊六的领袖，有甚么解不出的意思？晓得两边说话多有情，就做不成媒，还好私下牵合他两个，赚主大钱。又且见了两个金指环，一面堆下笑来道：「小娘子，凡有所托，只在老身身上，不误你事。」出了罗家门，再到张家来回复，把这些说话，一一与张妈妈说了。张幼谦听得，便冷笑道：「登科及第，是男子汉分内事，何足为难？这老婆稳取是我的了。」杨老妈道：「他家小娘子也说道：『官人毕竟有这日，只怕爹妈等不得，或有变卦。他心里只守着你，教你自要奋发。』」张妈妈对儿子道：「这是好说话，不可负了他！」杨老妈又私下对幼谦道：「罗家小娘子好生有情于官人，临动身又分付老身道：『下次有说话悄地替他传传。』送我两个金指环，这个小娘子实是贤慧。」幼谦道：「他日有话相烦，是必不要推辞则个。」杨老妈道：「当得，当得。」当下别了去。

明年，张忠父在越州打发人归家，说要同越州太守到京候差，恐怕幼谦在家失学，接了同去。幼谦只得又去了，不题。

却说罗仁卿主意，嫌张家贫穷，原不要许他的。这句『做官方许』的说话，是句没头脑的话，做官是期不得的。女儿年纪一年大似一年，万一如姜太公八十岁才遇文王，那女儿不等做老婆婆了？又见张家只是远出，料不成事。他那里管女儿心上的事？其时同里有个巨富之家，姓辛，儿子也是十八岁了。闻得罗家女子才色双全，央媒求聘。罗仁卿见他家富盛，心里喜欢。又且张家只来口说得一番，不曾受他一丝，不为失约，那里还把来放在心上？一口许下了。辛家择日行聘。惜惜闻知这消息，只叫得苦。又不好对爹娘说得出心事，暗暗纳闷，私下对蜚英这丫头道：「我与张官人同日同窗，谁不说是天生一对？我两个自小情如姊妹，谊等夫妻。今日却叫我嫁着别个，这怎使得？不如早寻个死路，倒得干净。只是不曾会得张官人一面，放心不下。」蜚英道：「前日张官人也问我要会姐姐，我说没个计较，只得罢了。而今张官人不在家，就是在时，也不便相会。」惜惜道：「我倒想

上一计，可以相会，只等他来了便好，你可时常到外边去打听打听。」蜚英谨记在心。

且说张幼谦京中回来得，又是一年。闻得罗惜惜已受了辛家之聘，不见惜惜有甚么推托不肯的事，幼谦大恨道：「他父母是怪不得，难道惜惜就如此顺从，并无说话？」一气一个死。提起笔来，做词一首。词名《长相思》，云：

天有神，地有神，海誓山盟字字真。如今墨尚新。过一春，又一春，不解金钱变作银。如何忘却人？

写毕了，放在袖中，急急走到杨老妈家里来。杨老妈接进了，问道：「官人有何事见过？」幼谦道：「妈妈晓得罗家小娘子已许了人家么？」杨老妈道：「也见说，却不是我做媒的。好个小娘子，好生注意官人，可惜错过了。」幼谦道：「我不怪他父母，倒怪那小娘子，如何凭父母许别人，不则一声？」杨老妈道：「叫他女孩儿家，怎好说得？他必定有个主意，不要错怪了人！」幼谦道：「为此要妈妈去通他一声，我有首小词，问他口气的，烦妈妈与我带一带去。」袖中摸出词来，并越州太守所送赆礼一两，转送与杨老妈做脚步钱。杨老妈见了银子，如苍蝇见血，有甚么不肯做？欣然领命去了。把卖花为由，竟到罗家，走进惜惜房中来。惜惜接着，问道：「一向不见妈妈来走走。」杨老妈道：「一向无事，不敢上门。今张官人回来了，有话转达，故此走来。」惜惜见说幼谦回了，道：「我正叫蜚英打听，不知他已回来。」杨老妈道：「他见说小娘子许了辛家，好生不快活。有封书托我送来小娘子看。」袖中摸出书来，递与惜惜。惜惜叹口气接了，拆开从头至尾一看，却是一首词。落下泪来道：「他错怪了我也！」杨老妈道：「老身不识字，书上不知怎他说？」惜惜道：「他道我忘了他，岂知受聘，多是我爹妈的意思，怎由得我来？」杨老妈道：「小娘子，你而今怎么发付他？」惜惜道：「妈妈，你肯替张郎递信，必定受张郎之托，我有句真心话对你说，不妨么？」老妈道：「去年受了小娘子尊赐，至今丝毫不曾出得力，又且张官人相托，随你分付，水里水里去，火里火里去，尽着老性命，做得的，只管做去，决不敢泄漏半句话的！」惜惜道：「多感妈妈盛心！先要你去对张郎说明我的心事，我只为未曾面会得张郎，所以含忍至今。若得张郎当面一会，我就情愿同张郎死在一处，决不嫁与别人，偷生在世间的。」老妈道：「你心事我好替你说得，只是要会他，却不能勾，你家院宇深密，张官人又不会飞，我衣袖里又袋他不下，如何弄得他来相会？」惜惜道：「我有一计，尽可使张郎来得。只求妈妈周全，十分稳便。」老妈道：「老身方才说过了，但凭使唤，只要早定妙计，老身无不尽心。」惜惜道：「奴家卧房，在这阁儿上，是我家中落末一层，与前面隔绝。阁下有一门，通后边一个小圃。圃周围有短墙，墙外便是荒地，通着外边的了。墙内有四五株大山茶花树，可以上得墙去的。烦妈妈相约张郎在墙外等，到夜来，我叫丫头打从树枝上登墙，将个竹梯挂在墙外来，张郎从梯上上墙，也从山茶树上下地，可以往到我房中阁上了。妈妈可怜我两人情重如山，替奴家备细传与张郎则个。」走到房里，摸出一锭银子来，约有四五两重，望杨老妈袖中就塞，道：「与妈妈将就买些点心吃。」杨老妈假意道：「未有功劳，怎么当这样重赏？只一件，若是不受，又恐怕小娘子反要疑心我未是一路，只得斗胆收了。」谢别了惜惜出来，一五一十，走来对张幼谦说了。

幼谦得了这个消息，巴不得立时间天黑将下来。张、罗两家相去不甚远，幼谦日间先去把墙外路数看看，望进墙去，果然四五株山茶花

树透出墙外来。幼谦认定了，晚上只在这墙边等候。等了多时，并不见墙里有些些声响，不要说甚么竹梯不竹梯。等到后半夜，街鼓将动，方才闷闷回来了。到第二晚，第三晚，又复如此。白白守了三个深夜，并无动静。想道：『难道要我不成？还是相约里头，有甚么说话参差了？不然或是女孩儿家贪睡，忘记了。不知我外边人守候之苦，不免再央杨老妈去问个明白。』又题一首诗于纸，云：

山茶花树隔东风，何啻云山万万重。
销金帐暖贪春梦，人在月明风露中。

写完走到杨老妈家，央他递去，就问失约之故。元来罗家为惜惜能事，一应家务俱托他所管。那日央杨老妈约了幼谦，不想有个姨娘到来，要他支陪，自不必说；晚间送他房里同宿，一些手脚做不得了。等得这日才去，杨老妈恰好走来，递他这诗。惜惜看了道：『张郎又错怪了奴也！』对杨老妈道：『奴家因有姨娘在此房中宿，三夜不曾合眼，无半点空隙机会，非奴家失约。今姨娘已去，今夜点灯后，叫他来罢，决不误期了。』杨老妈得了消息，走来回复张幼谦说：『三日不得机会说话，准期在今夜点烛后了。』

幼谦等到其时，踱到墙外去看，果然有一条竹梯倚在墙边。幼谦喜不自禁，蹑了梯子，一步一步走上去，到得墙头上，只见山茶树枝上有个黑影，吃了一惊。却是蜚英在此等候，咳嗽一声，大家心照了。攀着树枝，多挂了下去。蜚英引他到阁底下，惜惜也在了，就一同挽了手，登阁上来，灯下一看，俱觉长成得各别了。大家欢极，齐声道：『也有这日相会也！』也不顾蜚英在面前，大家搂抱定了。蜚英会意，移灯到阁外来了。于时月光入室，两人厮偎厮抱，竟到卧床上云雨起来。

一别四年，相逢半霎。回想幼时滋味，浑如梦境欢娱。当时小阵争锋，今日全军对垒。含苞微破，大创元有余红；玉茎顿雄，骤当不无半怯。只因尔我心中爱，拚却爷娘眼后身。

云雨既散，各诉衷曲。幼谦道：『我与你欢乐，只是暂时，他日终须让别人受用。』惜惜道：『哥哥兀自不知奴心事。奴自受聘之后，常拚一死，只为未到得嫁期，且贪图与哥哥落得欢会。若他日再把此身伴别人，犬豕不如矣！直到临时便见。』两人卿卿哝哝，讲了一夜的话。将到天明，惜惜叫幼谦起来，穿衣出去。幼谦问：『晚间事如何？』惜惜道：『我家中时常有事，未必夜夜方便，我把个暗号与你。我阁之西楼，墙外远望可见。此后楼上若点起三个灯来，便将竹梯来度你进来；若望来只是一灯，就是来不得的了，不可在外边痴等，似前番的样子，枉吃了辛苦。』如此约定而别。幼谦仍旧上山茶树，蹑竹梯而下。随后蜚英就登墙抽了竹梯起来，真个神鬼不觉。

以后幼谦只去远望，但见楼西点了三个灯，就步至墙外来，只见竹梯早已安下了，即便进去欢会。如此，每每四五夜，连宵行乐。若遇着不便，不过隔得夜把儿，往来一月有多。正在快畅之际，真是好事多磨：有个湖北大帅，慕张忠父之名，礼聘他为书记。忠父辞了越州太守的馆，回家收拾去赴约，就要带了幼谦到彼乡试。幼谦得了这个消息，心中舍不得惜惜，甚是烦恼，却违拗不得。只得将情告知惜惜，就与哭别。惜惜拿出好些金帛来赠他做盘缠，哭对他道：『若是幸得未嫁，还好等你归来再会。倘若你未归之前，有了日子，逼我嫁人，我只是死在阁前井中，与你再结来世姻缘。今世无及，只当永别了。』哽哽咽咽，两个哭了半夜，虽是交欢，终带惨凄，不得如常尽兴。临别，惜惜执了幼谦的手，叮咛道：『你勿忘恩情，觑个空便，只是早归来得一日，也是好的。』幼谦道：『此不必分付，我若不为

乡试，定寻个别话，推着不去了。今却有此便，须推不得，岂是我的心愿？归得便归，早见得你一日，也是快活。』相抱着多时，不忍分开，各含眼泪而别。

幼谦自随父亲到湖北去，一路上触景伤心，自不必说。到了那边，正植试期。幼谦痴心自想：『若夺得魁名，或者亲事还可挽回得转，也未可料。』尽着平生才学，做了文赋，出场来就对父亲说道：『掉母亲家里不下，算计要回家。』忠父道：『怎不看了榜去？』幼谦道：『揭榜不中，有何颜面？况且母亲家里孤寂，早晚悬望。此处离家，须是路远，比不得越州时节，信息常通的。做儿的怎放心得下？那功名是外事，有分无分已前定了，看那榜何用？』缠了几日，忠父方才允了，放回家来。不则一日，到了家里。

元来辛家已拣定是年冬里的日子来娶罗惜惜了，惜惜心里着急，日望幼谦到家，真是眼睛多望穿了。时时叫蜚英寻了头由，到幼谦家里打听。此日蜚英打听得幼谦已回，忙来对惜惜说了。惜惜道：『你快去约了他，今夜必要相会，原仍前番的法儿进来就是。』又写了首词，封好了，一同拿去与他看。

蜚英领命，走到张家门首，正撞见了张幼谦。幼谦道：『好了，好了。我正走出来要央杨老妈来通信，恰好你来了。』蜚英道：『我家姐姐盼官人不来，时常啼哭。日日叫我打听，今得知官人到了，登时遣我来约官人，今夜照旧竹梯上进来相会。有一个柬帖在此。』幼谦拆开来，乃是一首《卜算子》词，词云：

幸得那人归，怎便教来也？一日相思十二时，直是情难舍！
本是好姻缘，又怕姻缘假。若是教随别个人，相见黄泉下。

幼谦读罢词，回他说：『晓得了。』蜚英自去。幼谦把词来珍藏过了。到得晚间，远望楼西，已有三灯明亮，急急走去墙外看，竹梯也在了。进去见了惜惜，惜惜如获珍宝，双手抱了，口里埋怨道：『亏你下得！直到这时节才归来！而今已定下日子了，我与你就是无夜不会，也只得两月多，有限的了。当与你极尽欢娱而死，无所遗恨。你少年才俊，前程未可量。奴不敢把世俗儿女态，强你同死。但日后对了新人，切勿忘我！』说罢大哭。幼谦也哭道：『死则俱死，怎说这话？我一从别去，那日不想你？所以试毕不等揭晓就回，只为不好违拗得父亲，故迟了几日。我认个不是罢了，不要怪我！蒙寄新词，我当依韵和一首，以见我的心事。』取过惜惜的纸笔，写道：

去时不由人，归怎由人也？罗带同心结到成，底事教拚舍？
心是十分真，情没些儿假。若道归迟打掉篦，甘受三千下。

惜惜看了词中之意，晓得他是出于无奈，也不怨他，同到罗帏之中，极其缱绻。俗语道「新婚不如远归」，况且晓得会期有数，又是一刻千金之价。你贪我爱，尽着心性做事，不顾死活。如是半月，幼谦有些胆怯了，对惜惜道：『我此番无夜不来，你又早睡晚起，觉得忒胆大了些！万一有些风声，被人知觉，怎么了？』惜惜道：『我此身早晚拚是死的，且尽着快活，就败露了，也只是一死，怕他甚么？』果然惜惜忒放泼了些。

罗妈妈见他日间做事，有气无力，长打呵欠，又有时早晨起来，眼睛红肿的，心里疑惑起来道：『这丫头有些改常了，莫不做下甚么事来？』就留了心。到人静后，悄悄到女儿房前察听动静。只听得女儿在阁上，低低微微与人说话。罗妈妈道：『可不作怪！这早晚难道还与蜚英这丫头讲甚么话不成？就讲话，何消如此轻的，听不出落句来？』再仔细听了一回，又听得阁底下房里打鼾响，一发惊异道：『上边有

人讲话，下边又有人睡下，可不是三个人了？睡的若是蜚英丫头，女儿却与那个说话？这事必然跷蹊。』急走去对老儿说了这些缘故。罗仁卿大惊道：『吉期近了，不要做将出来？』对妈妈道：『不必迟疑，竟闯上阁去一看，好歹立见。那阁上没处去的。』妈妈去叫起两个养娘，拿了两灯火，同妈妈前走，仁卿执着杆棒押后，一径到女儿房前来。见房门关得紧紧的，妈妈出声叫：『蜚英丫头。』蜚英还睡着不应，阁上先听见了。惜惜道：『娘来叫，必有甚家事。』幼谦慌张起来，惜惜道：『你不要慌！悄悄住着，待我迎将下去。夜晚间他不走起来的。』忙起来穿了衣服，一面走下楼来。张幼谦有些心虚，怕不尴尬，也把衣服穿起，却是没个走路，只得将就闪在暗处静听。惜惜只认做母亲一个来问甚么话的，道是迎住就罢了，岂知一开了门，两灯火照得通红，连父亲也在，吃了一惊，正说不及话出来。只见母亲抓了养娘手里的火，父亲带着杆棒，望阁上直奔。惜惜见不是头，情知事发，便走向阁外来，望井里要跳。一个养娘见他走急，带了火来照；一个养娘是空手的，见他做势，连忙抱住道：『为何如此？』便喊道：『姐姐在此投井！』蜚英惊醒，走起来看，只见姐姐正在那里苦挣，两个养娘尽力抱住。蜚英走去伏在井栏上了，口里哼道：『姐姐，使不得！』

不说下边鸟乱，且说罗仁卿夫妻走到阁上暗处，搜出一个人来。仁卿举起杆棒，正待要打，妈妈将灯上前一照，仁卿却认得是张忠父的儿子幼谦，且歇了手，骂道：『小畜生！贼禽兽！你是我通家子侄，怎干出这等没道理的勾当来，玷辱我家！』幼谦只得跪下道：『望伯伯恕小侄之罪，听小侄告诉。小侄自小与令爱只为同日同窗，心中相契。前年曾着人相求为婚，伯伯口许道：「等登第方可。」小侄为此发奋读书，指望完成好事。岂知宅上忽然另许了人家，故此令爱不忿，相招私合。原约同死同生，今日事已败露，令爱必死，小侄不愿独生，凭伯伯打死罢！』仁卿道：『前日此话固有，你几时又曾登第了来，却怪我家另许人？你如此无行的禽兽，料也无功名之分。你罪非轻，自有官法，我也不私下打你。』一把扭住。妈妈听见阁前嚷得慌，也恐怕女儿短见，忙忙催下了阁。

仁卿拖幼谦到外边堂屋，把条索子捆住，关好在书房里。叫家人看守着他，只等天明送官。自家复身进来看女儿时，只见颠得头蓬发乱，妈妈与养娘们还搅做了一团，在那里嚷。仁卿怒道：『这样不成器的！等他死了罢！拦他何用？』举起杆棒要打，却得妈妈与养娘们搀的搀，驮的驮，拥上阁去了，剩得仁卿一个在底下。抬头一看，只见蜚英还在井栏边。仁卿一肚子恼怒，正无发泄处，一手揪住头发，拖将过来便打道：『多是你做了牵头，牵出事来的。还不实说？是怎么样起头的？』蜚英起初还推一向在阁下睡，不知就里，被打不过，只得把来踪去迹细细招了，又说道：『姐姐与张官人时常哭泣，只求同死的。』仁卿见说了这话，喝退了蜚英，心里也有些懊悔道：『前日便许了他，不见得如此。而今却有辛家在那里，其事难处，不得不经官了。』

闹嚷了大半夜，早已天明。元来但是人家有事，觉得天也容易亮些。妈妈自和养娘窝伴住了女儿，不容他寻死路，仁卿却押了幼谦，一路到县里来。县宰升堂，收了状词，看是奸情事，乃当下捉获的，知是有据。又见状中告他是秀才，就叫张幼谦上来问道：『你读书知礼，如何做此败坏风化之事？』幼谦道：『不敢瞒大人，这事有个委屈，非孟浪男女宣淫也。』县宰道：『有何委屈？』幼谦道：『小生与罗氏女同年月日所生，自幼罗家即送在家下读书，又系同窗。情孚意洽，私

立盟书，誓成偕老。后来曾央媒求聘，罗家回道：「必待登第，方许成婚。」小生随父游学，两年归家，谁知罗家不记前言，竟自另许了亲家。罗氏女自道难负前誓，只待临嫁之日，拼着一死，以谢小生，所以约小生去觑面永诀。踪迹不密，却被擒获。罗女强嫁必死，小生义不独生。事情败露，不敢逃罪。』

县宰见他人材俊雅，言词慷慨，有心要周全他。问罗仁卿道：『他说的是实否？』仁卿道：『话多实的，这事却是不该做。』县宰要试他才思，取过纸笔来与他道：『你情既如此，口说无凭，可将前后事写一供状来我看。』幼谦当堂提笔，一挥而就。供云：

窃惟情之所钟，正在吾辈；义之不歉，何恤人言！罗女生同月日，曾与共塾而非书生；幼谦契合金兰，匪仅逾墙而搂处子。长卿之悦，不为挑琴；宋玉之招，宁关好色！原许乘龙须及第，未曾经打毷氉；却教跨凤别吹箫，忍使顿成怨旷！临嫁而期永诀，何异十年不字之贞；赴约而愿捐生，无忝千里相思之谊。既藩篱之已触，总桎梏而自甘。伏望悯此缘悭，巧赐续貂奇遇；怜其情至，曲施解网深仁。寒谷逢乍转之春，死灰有复燃之色。施同种玉，报拟衔环。上供。

县宰看了供词，大加叹赏，对罗仁卿道：『如此才人，足为快婿。尔女已是覆水难收，何不宛转成就了他？』罗仁卿道：『已受过辛氏之聘，小人如今也不得自由。』县宰道：『辛氏知此风声，也未必情愿了。』

县宰正待劝化罗仁卿，不想辛家知道，也来补状，要追究奸情。那辛家是大富之家，与县宰平日原有往来的。这事是他理直，不好曲拗得，又恐怕张幼谦出去，被他两家气头上蛮打坏了，只得准了辛家状词，把张幼谦权且收监，还要提到罗氏再审虚实。

却说张妈妈在家，早晨不见儿子来吃早饭，到书房里寻他，却又不见，正不知那里去了。只见杨老妈走来慌张道：『孺人知道么？小官人被罗家捉奸，送在牢中去了。』张妈妈大惊道：『怪道他连日有些失张失智，果然做出来。』杨老妈道：『罗、辛两家都是富豪，只怕官府处难为了小官人，怎生救他便好？』张妈妈道：『除非着人去对他父亲说知，讨个商量。我是妇人家，干不得甚么事，只好管他牢中送饭罢了。』张妈妈叫着一个走使的家人，写了备细书一封，打发他到湖北去通张忠父知道，商量寻个方便。家人星夜去了。

这边张幼谦在牢中，自想：『县宰十分好意，或当保全。但不知那晚惜惜死活如何，只怕今生不能再会了！』正在思念流泪，那牢中人来索常例钱、油火钱，亏得县宰曾分付过，不许难为他，不致动手动脚。却也言三语四，絮聒得不好听。

幼谦是个书生，又兼心事不快时节，怎耐烦得这些模样？分解不开之际，忽听得牢门外一片锣声筛着，一伙人从门上直打进来，满牢中多吃一惊。幼谦看那为头的肩上，掮着一面红旗，旗上挂下铜铃，上写『帅府捷报』，乱嚷道：『那一位是张幼谦秀才？』众人指着幼谦道：『这个便是。你们是做甚么的？』那伙人不由分说，一拥将来，团团把幼谦围住了。道：『我们是湖北帅府，特来报秀才高捷的。快写赏票！』就有个摸出纸笔来揿住他手，『要写五百贯』『三百贯』的乱嘈！幼谦道：『且不要忙，拿出单来看，是何名次，写赏未迟。』报的人道：『高哩，高哩。』取出一张红单来，乃是第三名。幼谦道：『我是犯罪被禁之人，你如何不到我家里报去，却在此狱中啰唣？知县相公知道，须是不便。』报的人道：『咱们是府上来，见说秀才在此，方才也曾着人禀过知县相公的。这是好事，知县相公料不嗔怪。』幼谦道：『我身命未知如何，还要知县相公做主，我枉自写赏何干？』报的人只是乱嚷，牢

初刻拍案惊奇

中人从旁撮哄，把一个牢里闹做了一片。只听得喝道之声，牢中人乱窜了去，喊道：『知县相公来了。』须臾，县宰笑嘻嘻的踱进牢来，见众人尚拥住幼谦不放，县宰喝道：『为甚么如此？』报的人道：『正要相公来，张秀才自道在牢中，不肯写赏，要请相公做主。』县宰笑道：『不必喧嚷，张秀才高中，本县原有公费，赏钱五十贯文，在我库上来领。』取过笔来写与他了，众人嫌少，又添了十贯，然后散去。

县宰请过张幼谦来，换了衣巾，施礼过，拱他到公厅上，称贺道：『恭喜高掇。』幼谦道：『小生蒙覆庇之恩，虽得侥幸，所犯愆尤，还仗大人保全！』县宰道：『此纤芥之事，不必介怀！下官自当宛转。』此时正出牌去拘罗惜惜出官对理未到，县宰当厅就发个票下来，票上写道：『张子新捷，鼓乐送归，罗女免提，候申州定夺。』写毕，就唤吏典取花红鼓乐，马匹伺候。县宰敬幼谦酒三杯，上了花红，送上了马，鼓乐前导，送出县门来。正是：

昨日牢中囚犯，今朝马上郎君。
风月场添彩色，氤氲使也欢欣。

却说幼谦迎到半路上，只见前面两个公人，押着一乘女轿，正望县里而来，轿中隐隐有哭声，这边领票的公人认得，知是罗惜惜在内，高叫道：『不要来了，张秀才高中，免提了。』就取出票来与那边的公人看。惜惜在轿中分明听得，顶开轿帘窥看，只见张生气昂昂，笑欣欣，骑在马上到面前来，心中暗暗自乐。幼谦望去，见惜惜在轿中，晓得那晚不曾死，心中放下了一个大疙瘩。当下四目相视，悲喜交集。抬惜惜的，转了轿，正在幼谦马的近边，先先后后，一路同走，恰像新郎迎着新人轿的一般。单少的是轿上结彩。直到分路处，两人各丢眼色而别。

幼谦回来见了母亲，拜过了，赏赐了迎送之人，俱各散讫。张妈妈道：『你做了不老成的事，几把我老人家急死。若非有此番天救星，这事怎生了结？今日报事的打进来，还只道是官府门中人来嚷，慌得娘没躲处哩。直到后边说得明白，方得放心。我说你在县牢里，他们一径来了。却是县间如何就肯放了你？』幼谦道：『孩儿不才，为儿女私情，做下了事，连累母亲受惊。亏得县里大人好意，原有周全婚姻之意，只碍着辛家不肯。而今侥幸有了这一步，县里大人十分欢喜，送孩儿回来，连罗氏女也免提了。孩儿痴心想着，不但可以免罪，或者还有些指望也不见得。』妈妈道：『虽然知县相公如此，却是闻得辛家恃富，不肯住手。要到上司陈告，恐怕对他不过。我起初曾着人到你父亲处商量去了，不知有甚关节来否？』幼谦道：『这事且只看县里申文到州，州里主意如何，再作道理。娘且宽心。』须臾之间，邻舍人家乡来叫喜，杨老妈也来了。母亲欢喜，不在话下。

却说本州太守升堂，接得湖北帅使的书一封，拆开来看，却为着张幼谦、罗氏事，托他周全。此书是张忠父得了家信，央求主人写来的。总是就托忠父代笔，自然写得十分恳切。那时帅府有权，太守不敢不尽心，只不知这件事的头脑备细，正要等县宰来时问他。恰好是日，本县申文也到，太守看过，方知就里。又晓得张幼谦新中，一发要周全他了。只见辛家来告状道：『张幼谦犯奸禁狱，本县为情擅放，不行究罪，实为枉法。』太守叫辛某上来，晓谕他道：『据你所告，那罗氏已是失行之妇，你争他何用？就断与你家了，你要了这媳妇，也坏了声名。何不追还了你原聘的财礼，另娶了一房好的，毫无瑕玷，可不是好？你须不比罗家，原是干净的门户，何苦争此闲气？』辛某听太守说得有理，一时没得回答，叩头道：『但凭相公做主。』太守即时叫吏

典取纸笔与他，要他写了情愿休罗家亲事一纸状词，行移本县，在罗仁卿名下，追辛家这项聘财还他。辛家见太守处分，不敢生词说，叩头而出。

太守当下密写一书，钉封在文移中，与县宰道：『张、罗，佳偶也。茂宰可为了此一段姻缘，此奉帅府处分，毋忽！』县宰接了州间文移，又看了这书，具两个名帖，先差一个吏典去请罗仁卿公厅相见；又差一个吏典去请张幼谦。分头去了。

罗仁卿是个白身富翁，见县官具帖相请，敢不急赴？即忙换了小帽，穿了大摆褶子，来到公厅。县宰只要完成好事，优礼相待。对他道：『张幼谦是个快婿，本县前日曾劝足下纳了他。今已得成名，若依我处分，诚是美事。』罗仁卿道：『相公分付，小人怎敢有违？只是已许下辛家，辛家断然要娶，小人将何辞回得他？有此两难，乞相公台鉴。』县宰道：『只要足下相允，辛家已不必虑。』笑嘻嘻的叫吏典在州里文移中，取出辛家那纸休亲的状来，把与罗仁卿看。县宰道：『辛家已如此，而今可以贺足下得佳婿矣。』仁卿沉吟道：『辛家如何就肯写这一纸？』县宰笑道：『足下不知，此皆州守大人主意，叫他写了以便令婿完姻的。』就在袖里摸出太守书来，与仁卿看了。仁卿见州、县如此为他，怎敢推辞？只得谢道：『儿女小事，劳烦各位相公费心，敢不从命？』只见张幼谦也请到了，县宰接见，笑道：『适才令岳亲口许下亲事了。』就把密书并辛氏休状与幼谦看过，说知备细。幼谦喜出望外，称谢不已。县宰就叫幼谦当堂拜认了丈人，罗仁卿心下也自喜欢。县宰邀进后堂，治酒待他翁婿两人。罗仁卿谦逊不敢与席，县宰道：『有令婿面上，一坐何妨！』当下尽欢而散。

幼谦回去，把父亲求得湖北帅府关节托太守，太守又把县宰如此如此，备细说一遍，张妈妈不胜之喜。那罗仁卿吃了知县相公的酒，身子也轻了好些，晓得是张幼谦面上带挈的，一发敬重女婿。罗妈妈一向护短女儿，又见仁卿说州县如此做主，又是个新得中的女婿，得意自不必说。次日，是黄道吉日，就着杨老妈为媒，说不舍得放女儿出门，把张幼谦赘了过来。洞房花烛之夜，两新人原是旧相知，又多是吃惊吓，哭哭啼啼死边过的，竟得团圆，其乐不可名状。

成亲后，夫妇同到张家拜见妈妈。妈妈看见佳儿佳妇，十分美满。又分付道：『州、县相公之恩，不可有忘！既已成亲，须去拜谢。』幼谦道：『孩儿正欲如此。』遂留下惜惜在家，相伴婆婆闲话，张妈妈从幼认得媳妇的，愈加亲热。幼谦却去拜谢了州、县，归来，州县各遣人送礼致贺。打发了毕，依旧一同到丈人家里来了。明年幼谦上春官，一举登第，仕至别驾，夫妻偕老而终。诗曰：

漫说囹圄是福堂，谁知在内报新郎。
不是一番寒彻骨，怎得梅花扑鼻香？

第三十回

王大使威行部下　李参军冤报生前

诗云：

冤业相报，自古有之。
一作一受，天地无私。
杀人还杀，自刃何疑？
有如不信，听取谈资。

话说天地间最重的是生命。佛说戒杀，还说杀一物要填还一命。何况同是生人，欺心故杀，岂得不报？所以律法上最严杀人偿命之条。汉高祖除秦苛法，止留下三章，尚且头一句，就是『杀人者死』。可见杀人罪极重。但阳世间不曾败露，无人知道，那里正得许多法？尽有漏了网的。却不那死的人落得一死了？所以就有阴报。那阴报事也尽多，却是在幽冥地府之中，虽是分毫不爽，无人看见。就有人死而复苏，传说得出来，那口强心狠的人，只认做说的是梦话，自己不曾经见，那里肯个个听？却有一等，即在阳间，受着再生冤家现世花报的，事迹显著，明载史传，难道也不足信？还要口强心狠哩！在下而今不说那彭生惊齐襄公，赵王如意赶吕太后，窦婴、灌夫鞭田蚡，这还是道『时哀鬼弄人』，又道是『疑心生暗鬼』，未必不是阳命将绝，自家心上的事发，眼花撩花上头起来的。只说些明明白白的现世报，但是报法有不同。看官不嫌絮烦，听小子多说一两件，然后入正话。

一件是《唐逸史》上说的：长安城南曾有僧，日中求斋，偶见桑树上有一女子，在那里采桑，合掌问道：『女菩萨，此间侧近，何处有信心檀越，可化得一斋的么？』女子用手指道：『去此三四里，有个王家，现在设斋之际，见和尚来到，必然喜舍，可速去！』僧随他所指处前往，果见一群僧，正要就坐吃斋。此僧来得恰好，甚是喜欢。斋罢，王家翁、姥见他来得及时，问道：『师父像个远来的，谁指引到此？』僧道：『三四里外，有个小娘子在那里采桑，是他教导我的。』翁、姥大惊道：『我这里设斋，并不曾传将开去，三四里外女子从何知道？必是个未卜先知的异人，非凡女也！』对僧道：『且烦师父与某等同往，访这女子则个。』翁、姥就同了此僧，到了那边。那女子还在桑树上，一见了王家翁、姥，即便跳下树来，连桑篮丢下了，望前极力奔走。僧人自去了，翁、姥随后赶来。女子走到家，自进去了。王翁认得这家是村人卢叔伦家里，也走进来。女子跑进到房里，掇张床来抵住了门，牢不可开。卢母惊怪他两个老人家赶着女儿，问道：『为甚么？』王翁、王母道：『某今日家内设斋，落末有个远方僧来投斋，说是小娘子指引他的。某家做此功德，并不曾对人说，不知小娘子如何知道？故来问一声，并无甚么别故。』卢母见说，道：『这等打甚么紧，老身去叫他出来。』就走去敲门，叫女儿，女儿坚不肯出。卢母大怒道：『这是怎的起？这小奴才作怪了！』女子在房内回言道：『我自不愿见这两个老货，也没甚么罪过。』卢母道：『邻里翁婆看你，有甚不好意思？为何躲着不出？』王翁、王姥见他躲避得紧，一发疑心道：『必有奇异之处。』在门外着实恳求，必要一见。女子在房内大喝道：『某年月日有贩胡羊的父子三人，今在何处？』王翁、王姥听见说了这句，大惊失色，急急走出，不敢回头一看，恨不得多生两只脚，飞也似的去了。女子方开出门来，卢母问道：『适才的话，是怎么说？』女子道：『好叫母亲得知：儿再世前曾贩羊，从夏州来到此翁、姥家里投宿。父子三人，尽被他谋死了，劫了资货，在家里受用。儿前生冤气不散，就投他家做了儿子，聪明过人。他两人爱同珍宝，十五岁害病，二十岁死了。他家里前后用过医药之费，已比劫得的多过数倍了。又每年到了亡日，设了斋供，夫妻啼哭，总算他眼泪也出了三石多了。儿今虽生在此处，却多记得前事。偶然见僧化饭，所以指点他。这两个是宿世冤仇，我还要见他怎么？方才提破他心头旧事，吃这一惊不小，回去即死，债也完了。』卢母惊异，打听王翁夫妻，果然到得家里，虽不知这些清头，晓得冤债不了，惊悸恍惚成病，不多时，两个多死了。看官，你道这女儿三生，一生被害，一生索债，一生证明讨命，可不利害么？略听小子胡诌一首诗：

采桑女子实堪奇，记得为儿索债时。
导引僧家来乞食，分明追取赴阴司。

这是三生的了。再说个两世的，死过了鬼来报冤的。这一件，在宋《夷坚志》上：说吴江县二十里外因渎村，有个富人吴泽，曾做个将仕郎，叫做吴将仕。生有一子，小字云郎。自小即聪明勤学，应进士第，预待补籍，父母望他指日峥嵘。绍兴五年八月，一病而亡。父母痛如刀割，竭尽资财，替他追荐超度。费了若干东西，心里只是苦痛，思念不已。明年冬，将仕有个兄弟做助教的，名兹，要到洞庭东山妻家去。未到数里，暴风打船，船行不得，暂泊在福善王庙下。躲过风势，登岸闲步。望庙门半掩，只见庙内一人，着皂绨背子，缓步而出，却像云郎。助教走上前，仔细一看，元来正是他。吃了一大惊，明知是鬼魂，却对他道：『你父母晓夜思量你，不知赔了多少眼泪？要会你一面不能勾，你却为何在此？』云郎道：『儿为一事，拘系在此。留连证对，况味极苦。叔叔可为我致此意于二亲：若要相见，须亲自到这里来乃可，我却去不得。』叹息数声而去。助教得此消息，不到妻家去了。急还家来，对兄嫂说知此事。三个人大家恸哭了一番，就下了助教这只原船，三人同到庙前来。只见云郎已立在水边，见了父母，奔到面前哭拜，具述幽冥中苦恼之状。父母正要问他详细，说自家思念他的苦楚，只见云郎忽然变了面孔，挺竖双眉，捽住父衣，大呼道：『你陷我性命，盗我金帛，使我衔冤茹痛四五十年，虽曾费耗过好些钱，性命却要还我。今日决不饶你！』说罢便两相击博，滚入水中。助教慌了，喝叫仆从及船上人，多跳下水去捞救。那太湖边人都是会水的，救得上岸，还见将仕指手画脚，挥拳相争，到夜方定。助教不知甚么缘故，却听得适才的说话，分明晓得定然有些蹊跷的阴事，来问将仕。将仕蹙着眉头道：『昔日壬午年间，虏骑破城，一个少年子弟相投寄宿，所赍囊金甚多，吾心贪其所有。数月之后，乘醉杀死，尽取其资。自念冤债在身，从壮至老，心中长怀不安。此儿生于壬午，定是他冤魂再世，今日之报，已显然了。』自此忧闷不食，十余日而死。这个儿子，只是两生。一生被害，一生讨债，却就做了鬼来讨命，比前少了一番，又直捷些。再听小子胡诌一首诗：

冤魂投托原财耗，落得悲伤作利钱。
儿女死亡何用哭？须知作业在生前。

这两件事希奇些的说过，至于那本身受害，即时做鬼取命的，就是年初一起说到年晚除夜，也说不尽许多。小子要说正话，不得工夫了。说话的，为何还有个正话？看官，小子先前说这两个，多是一世再世，心里牢牢记得前生，以此报了冤仇，还不希罕。又有一个再世转来，并不知前生甚么的，遇着各别道路的一个人，没些意思，定要杀

他，谁知是前世冤家做定的。天理自然果报，人多猜不出来，报的更为直捷，事儿更为奇幻，听小子表白来。

这本话，却在唐贞元年间，有一个河朔李生，从少时膂力过人，恃气好侠，不拘细行，常与这些轻薄少年，成群作队，驰马试剑，黑夜里往来太行山道上，不知做些什么不明不白的事。后来家事忽然好了，尽改前非，折节读书，颇善诗歌，有名于时，做了好人了。累官河朔，后至深州录事参军。李生美风仪，善谈笑，曲晓吏事，又且廉谨明干，甚为深州太守所知重。至于击鞠、弹棋，博弈诸戏，无不曲尽其妙。又饮量尽大，酒德又好，凡是冥会酒席，没有了他，一坐多没兴。太守喜欢他，真是时刻少不得的。

其时成德军节度使王武俊，自恃曾为朝廷出力，与李抱真同破朱滔，功劳甚大，又兼兵精马壮，强横无比，不顾法度。属下州郡太守，个个惧怕他威令，心胆俱惊。其子士真就受武俊之节，官拜副大使。少年骄纵，倚着父亲威势，也是个杀人不眨眼的魔君。一日，武俊遣他巡行属郡，真个是：

轰天吓地，掣电奔雷。喝水成冰，驱山开路。川岳为之震动，草木尽是披靡。深林虎豹也潜形，村舍犬鸡都不乐。

别郡已过，将次到深州来。太守畏惧武俊，正要奉承得士真欢喜，好效殷勤。预先打听前边所经过，喜怒行径详悉，闻得别郡多因赔宴的言语举动，每每触犯忌讳，不善承颜顺旨，以致不乐。太守于是大具牛酒，精治肴撰，广备声乐，妻孥手自烹庖，太守躬亲陈设，百样整齐，只等副大使来。只见前驱探马来报：『副大使头踏到了。』但见：

旌旗蔽日，鼓乐喧天。开山斧闪烁生光，还带杀人之血；流星锤蓓蕾出色，犹闻磕脑之腥。铁链响琅珰，只等悔气人冲节过；铜铃声杂沓，更无拚死汉逆前来。踩蹦得地上草不生，惊恼得梦中魂也怕。

士真既到，太守郊迎过，请在极大的一所公馆里安歇了。登时酒筵，嗄程、礼物抬将进来。太守恐怕有人触犯，只是自家一人小心赔侍。一应僚吏宾客，一个也不召来与席。士真见他酒肴丰美，礼物隆重，又且太守谦恭谨慎，再无一个杂客敢轻到面前，心中大喜。道是经过的各郡，再没有到得这郡齐整谨饬了。饮酒至夜。

士真虽是威严，却是年纪未多，兴趣颇高，饮了半日酒，止得一个太守在面前唯喏趋承，心中虽是喜欢，觉得没些韵味。对太守道：『幸蒙使君雅意，相待如此之厚，欲尽欢于今夕。只是我两人对酌，觉得少些高兴，再得一两个人同酌，助一助酒兴为妙。』太守道：『敝郡偏僻，实少名流。况兼惧副大使之威，恐忤尊旨，岂敢以他客奉陪宴席？』士真道：『饮酒作乐，何所妨碍？况如此名郡，岂无嘉宾？愿得召来，帮我们鼓一鼓兴，可以尽欢。不然酒伴寂寥，虽是盛筵，也觉吃不畅些。』太守见他说得在行，想道：『别人卤莽，不济事。难得他恁地喜欢高兴，不要请个人不凑趣，弄出事来。只有李参军风流蕴藉，且是谨慎，又会言谈戏艺，酒量又好。除非是他，方可中意，我也放得心下。第二个就使不得了。』想了一回，方对士真说道：『此间实少韵人，可以佐副大使酒政。止有录事参军李某，饮量颇洪，兴致亦好。且其人善能诙谐谈笑，广晓技艺，或者可以赐他侍坐，以助副大使雅兴万一。不知可否，未敢自专，仰祈尊裁。』士真道：『使君所幸，必是妙人。召他来看。』太守呼唤从人：『速请李参军来！』

看官，若是说话的人，那时也在深州地方与李参军一块儿住着，又有个未卜先知之法，自然拦腰抱住，劈胸揪着，劝他不吃得这样吕太后筵席也罢，叫他不要来了。只因李生闻召，虽是自觉有些精神恍惚，却

是副大使的钧旨，本郡太守命令，召他同席，明明是抬举他，怎敢不来？谁知此一去，却似：

猪羊入屠户之家，一步步来寻死路。

说话的，你差了，无非叫他去帮吃杯酒儿，是个在行的人，难道有甚么言语冲撞了他，闯出祸来不成？看官，你听，若是冲撞了他，惹出祸来，这是本等的事，何足为奇！只为不曾说一句，白白地就送了性命，所以可笑。且待我接上前因，便见分晓。

那时李参军随命而来，登了堂望着士真就拜。拜罢抬起头来，士真一看，便勃然大怒。既召了来，免不得赐他坐了。李参军勉强坐下，心中惊惧，状貌益加恭谨。士真越看越不快活起来。看他揎拳裸袖，两眼睁得铜铃也似，一些笑颜也没有，一句闲话也不说，却像个怒气填胸，寻事发作的一般。比先前竟似换了一个人了。太守慌得无所措手足，且又不知所谓，只得偷眼来看李参军。但见李参军面如土色，冷汗淋漓，身体颤抖抖的坐不住，连手里拿的杯盘也只是战，几乎掉下地来。太守恨不得身子替了李参军，说着句把话，发个甚么喜欢出来便好。争奈一个似鬼使神差，一个似失魂落魄。李参军平日枉自许多风流俏倬，谈笑科分，竟不知撩在爪哇国那里去了。比那泥塑木雕的，多得一味抖。连满堂伏侍的人，都慌得来没头没脑，不敢说一句话，只冷眼瞧他两个光景。

只见不多几时，士真像个忍耐不住的模样，忽地叫了一声：『左右那里？』左右一伙人暴雷也似答应了一声：『喏！』士真分付把李参军拿下。左右就在席上，如鹰拿雁雀，揪了下来听令。士真道：『且收郡狱！』左右即牵了李参军衣袂，付在狱中，来回话了。士真冷笑了两声，仍旧欢喜起来。照前发兴吃酒，他也不说甚么缘故来。太守也不敢轻问，战战兢兢陪他酒散，早已天晓了。

太守只这一出，被他惊坏，又恐怕因此惹恼了他，连自家身子立不匀，却又不见得李参军触恼他一些处，正是不知一个头脑。叫着左右伏侍的人，逐个盘问道：『你们旁观仔细，曾看出甚么破绽么？』左右道：『李参军自不曾开一句口，在那里触犯了来？因是众人多疑心这个缘故；却又不知李参军如何便这般惊恐，连身子多主张不住，只是个颤抖抖的。』太守道：『既是这等，除非去问李参军，他自家或者晓得甚么冲撞他处，故此先慌了，也不见得。』

太守说罢，密地叫个心腹的祗候人去到狱中，传太守的说话，问李参军道：『昨日的事，参军貌甚恭谨，且不曾出一句话，原没处触犯了副大使。副大使为何如此发怒？又且系参军在狱，参军自家，可晓得甚么缘故么？』李参军只是哭泣，把头摇了又摇，只不肯说甚么出来。祗候人又道是奇怪，只得去告诉太守道：『李参军不肯说话，只是一味哭。』太守一发疑心了道：『他平日何等一个精细爽利的人，今日为何却失张失智到此地位？真是难解。』只得自己走进狱中来问他。

他见了太守，想着平日知重之恩，越哭得悲切起来。太守忙问其故。李参军沉吟了半晌，叹了一口气，才拭眼泪说道：『多感君侯惓惓垂问，某有心事，今不敢隐。曾闻释家有现世果报，向道是惑人的说话，今日方知此话不虚了。』太守道：『怎见得？』李参军道：『君侯不要惊怪，某敢尽情相告。某自少贫，无以自资衣食，因恃有几分膂力，好与侠士、剑客往来，每每掠夺里人的财帛，以充己用。时常驰马腰弓，往还太行道上，每日走过百来里路，遇着单身客人，便劫了财物归家。一日，遇着一个少年，手执皮鞭，赶着一个骏骡，骡背负着两个大袋。某见他沉重，随了他一路走去，到一个山坳之处，左右岩

崖万仞。彼时日色将晚，前无行人，就把他尽力一推，推落崖下，不知死活。因急赶了他这头骏骡，到了下处，解开囊来一看，内有缯缣百余匹。自此家事得以稍赡。自念所行非谊，因折弓弃矢，闭门读书，再不敢为非。遂出仕至此官位。从那时算至今岁，凡二十七年了。昨蒙君侯台旨，召侍王公之宴，初召时，就有些心惊肉颤，不知其由。自料道决无他事，不敢推辞。及到席间，灯下一见王公之貌，正是我向时推在崖下的少年，相貌一毫不异。一拜之后，心中悚惕，魂魄俱无。晓得冤业现在面前了，自然死在目下，只消延颈待刃，还有甚别的说话来？幸得君侯知我甚深，不敢自讳。而今再无可逃，敢以身后为托，不使吾暴露尸骸，足矣。」言毕大哭。太守也不觉惨然。欲要救解，又无门路。又想道：『既是有此冤业，恐怕到底难逃。』似信不信的，且看怎么？

太守叫人悄地打听，副大使起身了来报，再伺候有什么动静，快来回话。太守怀着一肚子鬼胎，正不知葫芦里卖出甚么药来，还替李参军希冀道：『或者酒醒起来，忘记了便好。』须臾之间，报说副大使睡醒了，即叫了左右进去，不知有何分付。太守叫再去探听，只见士真刚起身来，便问道：『昨夜李某，今在何处？』左右道：『蒙副大使发在郡狱。』士真便怒道：『这贼还在，快枭他首来！』左右不敢稽迟，来禀太守，早已有探事的人飞报过了。太守大惊失色，叹道：『虽是他冤业，却是我昨日不合举荐出来，害了他也！』好生不忍，没计奈何。只得任凭左右到狱中斩了李参军之首。正是：

阎王注定三更死，并不留人到四更。

眼见得李参军做了一世名流，今日死于非命。左右取了李参军之头，来士真跟前献上取验。士真反复把他的头看了又看，哈哈大笑，喝叫：『拿了去！』

士真梳洗已毕，太守进来参见，心里虽有此事恍惚，却装做不以为意的坦然模样，又请他到自家郡斋赴宴。逢迎之礼，一发小心了。士真大喜，比昨日之情，更加款洽。太守几番要问他，嗫嚅数次，不敢轻易开口。直到见他欢喜头上，太守先起请罪道：『有句说话，斗胆要请教副大使。副大使恕某之罪，不嫌唐突，方敢启口。』士真道：『使君相待甚厚，我与使君相与甚欢，有话尽情直说，不必拘忌。』太守道：『某本不才，幸得备员，叨守一郡。副大使车驾枉临，下察弊政，宽不加罪，恩同天地了。昨日副大使酒间，命某召他客助饮。某属郡僻小，实无佳宾可以奉欢宴者。某愚不揣事，私道李某善能饮酒，故请命召之。不想李某愚戆，不习礼法，触忤了副大使，实系某之大罪。今副大使既已诛了李某，李某已伏其罪，不必说了。但某心愚鄙，窃有所未晓。敢此上问：不知李某罪起于何处？愿得副大使明白数他的过误，使某心下洞然，且用诫将来之人，晓得奉上的礼法，不致舛错，实为万幸。』士真笑道：『李某也无罪过，但吾一见了他，便忿然激动吾心，就有杀之之意。今既杀了，心方释然，连吾也不知所以然的缘故。使君但放心吃酒罢，再不必提起他了。』宴罢，士真欢然致谢而行，又到别郡去了。来这一番，单单只结果得一个李参军。

太守得他去了，如释重负，背上也轻松了好些。只可惜无端害了李参军，没处说得苦。太守记着狱中之言，密地访问王士真的年纪，恰恰正是二十七岁，方知太行山少年被杀之年，士真已生于王家了。真是冤家路窄，今日一命讨了一命。那心上事只有李参军知道，连讨命的做了事，也不省得。不要说旁看的人，那里得知这些缘故？太守嗟叹怪

异，坐卧不安了几日。因念他平日交契的分上，又是举他陪客，致害了他，只得自出家财，厚葬了李参军。常把此段因果劝人，教人不可行不义之事。有诗为证：

冤债原从隔世深，相逢便起杀人心。
改头换面犹相报，何况容颜俨在今？